50 nuances du plaisir

Marisa Bennett

50 nuances du plaisir

LAROUSSE

Titre original
Fifty Shades of Pleasure : A Bedside Companion
Sex Secrets that Hurt So Good
Skyhorse Publishing, New York

Traduction française : Mathilde Ferguson
et Marie-Noëlle Pichard

Direction éditoriale : Catherine Delprat
Coordination éditoriale : Nathalie Cornellana
Mise en pages : Sophie Compagne
Couverture : Véronique Laporte
Fabrication : Anne Raynaud

ISBN : 978-2-03-588706-1

Dédicace

À Monica et à Becky, qui m'ont appris
à être moi-même

Introduction

Sauf à avoir passé ces derniers mois dans une grotte, il ne vous aura pas échappé qu'un nouveau genre de romans érotiques est venu si bien bousculer, aguicher, titiller la littérature populaire qu'elle reste là, toute émoustillée, à en redemander.

Certes, depuis peu, les e-books permettent aux accros des livres coquins de s'adonner à leur genre préféré en public et en toute discrétion, mais afficher crânement des lectures érotiques restait un peu tabou. Aujourd'hui, et c'est une première, on voit des hommes et des femmes (des braves mères de famille adeptes de yoga à des jeunettes d'à peine vingt ans) passer sans vergogne sur le corps des libraires pour dénicher leur lot de volumes hardcore.

Avec ce livre, j'ai voulu à la fois aborder les sujets les plus osés en matière de sexe, permettre à chacun et à chacune de mettre du piment et de l'audace dans sa vie sexuelle et, bien sûr, faire plaisir aux heureux amateurs du genre érotique. Si quelques pages sont consacrées à du sexe un peu « classique », l'essentiel du livre traite du BDSM, pour « bondage, discipline, domination, soumission, sadomasochisme ». Un acronyme qui recouvre toute une série de pratiques et jeux sexuels très coquins. L'idée est de vous en présenter certains aspects parmi les plus... piquants, avec des propositions érotiques qui vous permettront de tenir fermement les rênes de vos ébats – avec une bonne fessée ou un petit coup de cravache en prime ! Amusez-vous bien...

À propos de l'auteur

Marisa Bennett est diplômée en littérature anglaise, mais sa spécialité c'est le sexe « extrême » ! Ses seules limites sont la glace aux noisettes et le parachutisme. La dame vit avec son mari dans le Minnesota.

Sommaire

Chapitre 1

Révisez vos classiques !

"Au plus fort de leurs
brûlantes étreintes,
la passion aveugle
les amants –
ils poursuivent encore
et encore le cours
impétueux
de leurs ébats,
et peu leur importe d'être
dans l'excès."

Vatsyayana
Kama-sutra

“L’érotisme
est l’une des bases de
la connaissance de soi,
aussi indispensable
que la poésie.”

Anaïs Nin

On ne peut pas se lancer dans des jeux sexuels un peu spéciaux sans mode d'emploi. Il est parfois difficile d'essayer quelque chose de nouveau (ou d'aborder sous un angle neuf une pratique bien connue) quand on n'a pour tout bagage que sa seule expérience ou un(e) partenaire qui ne met pas toujours des mots sur ses envies.

Voici le b.a.-ba : des trucs pour apprendre à jouer savamment de la bouche et de la langue (et vous laisser tous deux haletant du désir de recommencer), et un choix de positions acrobatiques. Ces conseils sont la base, l'artillerie indispensable pour vous constituer votre arsenal sexuel. Donc, sortez vos cahiers, et en route pour un 20/20 à votre prochain examen d'anatomie pratique !

Techniques pour Madame
Les secrets d'une fellation à tomber

L'ART...

Ce n'est un secret pour personne: les hommes raffolent de la turlutte. Malheureusement, réussir des fellations sensationnelles n'est pas un don qui vous tombe du ciel comme ça – il y a tout un savoir-faire à acquérir. C'est votre maîtrise complète de la chose (des gestes de base aux petits détails coquins que votre chéri n'ose pas vous demander, mais dont il rêve) qui fera la différence : il n'aimera pas juste les fellations en général, mais les vôtres en particulier...

... ET LA MANIÈRE

D'abord, le plus important : inutile de vous répéter en boucle « Une pipe est une pipe est une pipe », le mantra n'opère pas. Que vous plongiez spontanément sur la queue de monsieur ou préfériez lui réserver cette gâterie la semaine de vos règles, vous devez impérativement lui donner l'impression qu'il n'y a rien qui vous plaise davantage. Une fellation sans enthousiasme lui fera le même effet qu'à vous un cunnilingus sans entrain : c'est une perte de temps, avec en plus une légère irritation à la clé. Donc, faites-en un truc grandiose, à lui couper le souffle, lui laissant juste assez d'énergie pour crier votre nom.

Pour le mettre en train

Allumez-le en douceur : mordillez-lui les oreilles, embrassez-lui le cou, la nuque, la poitrine, descendez jusqu'à la ceinture. Enlevez-lui son slip très lentement et ne sautez pas droit sur son intimité. Prenez le temps de le mettre en appétit. Quand vous le sentez à votre merci, agacez-le encore un peu des lèvres et de la langue. Insistez sur les zones sensibles : les genoux, l'intérieur des cuisses et remontez jusqu'aux aines. Là seulement, empoignez son membre et léchez-lui les couilles. Si vous pouvez les prendre entièrement dans la bouche, encore mieux. Massez avec la langue au passage.

Pour faire monter la pression

Si vous ne deviez retenir qu'une chose, c'est lubrifier, lubrifier, lubrifier. Quand vous prenez le pénis en bouche, humectez tout le membre de salive. Pas d'inquiétude : ne pas pouvoir jouer les « gorges profondes » ne vous empêchera pas de lui tailler une pipe phénoménale. En vous aidant d'un peu de salive, utilisez votre main comme un prolongement de votre bouche et faites-la glisser de haut en bas et de bas en haut de la verge. Maintenez une pression ferme, mais sans serrer à mort. Chacun est différent, donc faites une pause de temps en temps pour lui demander son avis : serrez-vous assez fort, allez-vous assez vite à son goût... ? Bien sûr, n'arrêtez pas de le caresser d'une main dûment lubrifiée pendant la pause-questions. C'est aussi un bon moyen de reprendre votre souffle si vous commencez à fatiguer, sans perdre le rythme.

Pendant vos allers-retours le long de la verge, imprimez à votre main un léger mouvement de rotation, en ajoutant une petite torsion du poignet sur et autour du gland à chaque passage. Si vous savez bien faire plusieurs choses à la fois, caressez-lui les testicules avec l'autre main. Ajoutez régulièrement salive ou lubrifiant et poursuivez l'opération en lui massant les testicules à une ou deux mains. Tirez un peu la peau des bourses (pas trop fort !). Sentir votre salive sur ses couilles lui donnera l'impression que vous le tenez tout entier dans votre bouche. Tant que vous êtes là, caressez-lui doucement le périnée (entre le scrotum et l'anus) : c'est une zone hypersensible. Surpris, ravi, en extase, il gémira votre nom ou vous tirera les cheveux, ou quelque chose du genre, mais la réaction ne se fera pas attendre.

Le « plus » extra-spécial pour le scotcher au plafond

Voilà un supplément qui dépend entièrement de votre envie et de celle de votre partenaire. Pour le tester, caressez-lui le périnée et, au moment où il va jouir (ou pendant), entrez un doigt bien lubrifié dans l'anus pour lui masser la prostate. Ce genre de caresse suffit parfois à faire jouir un homme sans autre stimulation génitale. Alors, si vous êtes déjà en pleine action, son orgasme risque d'être absolument explosif. Bougez doucement le doigt à l'intérieur, recourbez-le un peu vers l'avant (« Viens ici, toi ! »), variez la pression. Prolongez votre geste pendant l'orgasme : voilà votre chéri tout vibrant d'extase et haletant de plaisir.

Pour finir en apothéose

Il est presque aussi important de savoir bien terminer un pompier que de le commencer. Point capital : ne traitez pas son sperme comme s'il était radioactif. Puisque vous arrivez à prendre son pénis dans votre bouche, vous pouvez bien vous débrouiller avec un peu de liquide séminal. Autrement, c'est limite insultant. Si vous choisissez d'avaler, bravo ! Vous êtes en train de vous prémunir contre le cancer du sein (des études ont montré une moindre fréquence de ce cancer chez les femmes qui avalent un peu de sperme une ou deux fois par semaine). Pas de panique : si vous n'avalez pas, vous n'aggravez pas le risque...

Si vous redoutez un haut-le-cœur réflexe, vous avez d'autres solutions. Faites-le jouir au creux de vos mains ou, mieux encore, lubrifiez bien le pénis et amenez-le entre vos seins au moment crucial. Voilà une charmante fantaisie (la « cravate de notaire ») pour terminer votre pompier en beauté. Sans compter que l'image qu'il en gardera n'a pas fini de le faire fantasmer.

"Il n'est pas
de plaisir durable
sans l'épice d'un peu
de variété."

Publius Syrus
Sentences

Techniques pour Monsieur
Les secrets d'un cunnilingus à tomber

L'ART…

S'envoyer en l'air, c'est bien. Mais on a parfois besoin d'un petit quelque chose de spécial – une caresse particulière, une petite attention en plus. Bien sûr, je pense au cunnilingus. Si vous avez dans l'idée de jouer à vous attacher l'un l'autre (patience, vous en saurez plus dans quelques pages…), autant vous assurer qu'il sait s'y prendre quand il met cap au sud. Les conseils qui suivent vont l'y aider.

… ET LA MANIÈRE

Comme pour la pipe, tout est dans l'enthousiasme – pour vous et pour lui. Il est aussi important de communiquer, de se parler puisque chacune a ses préférences (comme je dis toujours, à chaque chatte ses caresses). Faites-le démarrer doucement, avec plein de baisers sur le ventre et l'intérieur de vos cuisses. Quand vous vous sentez prête, il peut commencer à vous titiller le clitoris : il vous léchera lentement, à petits coups nonchalants, ou tracera un alphabet brûlant du bout de la langue sur votre sexe. Faites-lui varier l'allure, les mouvements et la vitesse de la langue et des lèvres. Amenez-le à vous sucer doucement le clitoris ou à le frotter légèrement contre ses dents.

Bien sûr, qu'il n'oublie pas de s'occuper les mains : il doit vous toucher, vous palper, vous caresser sans arrêt, en insistant sur vos endroits de prédilection – il les connaît, vous les lui avez indiqués. Il continuera aussi à vous caresser du bout des doigts lorsqu'il s'interrompra pour vous embrasser ou dorloter vos seins. Il gardera un doigt sur le clitoris et vous pénétrera de l'autre main. Invitez-le à venir plus profond, titiller votre point G. Pour le trouver, il doit vous pénétrer avec un ou deux doigts, et les bouger doucement vers l'avant (« Viens un peu ici, toi ! »). Il caresse ainsi de l'intérieur, presque à l'aplomb de votre nombril. S'il a une coordination suffisante pour se tapoter la tête et se frotter l'estomac simultanément, il peut probablement vous faire minette et vous pénétrer de la main en même temps. Entre sa langue experte et ses doigts attentifs, vous ne résisterez pas longtemps. Le bon timing pour cette double gâterie est lorsque vous sentez approcher l'orgasme. Faites-lui comprendre où vous en êtes en lui tirant les cheveux, en gémissant plus fort ou en criant carrément « Je vais jouir ! ». Si, au moment crucial, il vous suce doucement le clitoris, vous grimperez aux rideaux en hurlant son nom.

Des positions qui décoiffent
À deux sur le bureau

L'ART…

Après une dure journée de labeur, rien de mieux pour vous aider à décompresser qu'une vigoureuse partie de jambes en l'air. C'est le remède miracle contre le stress. Quand vous sentez monter l'envie irrésistible de ce « spécial happy hour », demandez à votre chéri de débarrasser le dessus du bureau et passez aux choses sérieuses. Testez ces ébats torrides, ce sera votre récompense de travailleurs !

… ET LA MANIÈRE

Le dessus du bureau est l'endroit idéal (même si ça marche aussi sur la table de la cuisine...), surtout quand Monsieur s'y affaire à vous satisfaire. Installez-le dans un fauteuil devant le bureau. Dans un geste sensuel, passez une jambe par-dessus les siennes et asseyez-vous au bord de la table, juste en face de lui. Faites monter la température en lui évitant une partie du travail, ne portez que le strict minimum : une jolie nuisette, sans rien d'autre, ou une chemise à lui que vous enfilerez sur des dessous sexy.

Resserrer votre planning

S'il n'a pas déjà bondi de son siège, posez-lui une jambe sur une épaule et attirez-le vers vous. Le voilà debout devant vous. Gardez la jambe sur son épaule, la pointe de l'autre pied par terre, les fesses appuyées sur la table. Cette position offre un angle de pénétration très étroit – votre chéri se sentira si bien enserré qu'en termes de dureté, ce n'est plus à sa journée de travail qu'il pensera...

Croiser vos références

À partir de la même position, allongez-vous vers l'arrière jusqu'à reposer sur la table. Posez votre pied droit sur son épaule droite, et le gauche sur son épaule gauche : comme il est debout face à vous, vous avez les jambes croisées. Plus elles sont croisées haut, plus vous lui paraîtrez étroite. Pour assurer votre équilibre, il vous tiendra par les hanches ou les cuisses, tandis que vous vous agripperez aux bords du bureau. Quand l'envie vous en prend, retirez les jambes de ses épaules et pivotez les hanches sur le côté en gardant le dos à plat. Cette variante lui vaudra des sensations totalement inédites.

“ La moitié
de l’humanité
est incapable
de comprendre
les plaisirs
de l’autre.”

Jane Austen
Emma

Approfondir un dossier difficile

Pour réussir au travail, il faut vraiment se donner à fond. Vous êtes couchée sur la table, lui à genoux devant vous. Poussez-vous vers l'avant jusqu'à ce que vos fesses reposent sur ses cuisses, croisez les jambes derrière son dos pour faciliter la pénétration. Soit vous gardez les jambes enroulées autour de sa taille, soit vous les dépliez vers le haut et il peut s'y retenir. Cette position surélève vos hanches et lui permet de vous pénétrer si profondément qu'il oubliera vite les dossiers qu'il vient de jeter par terre.

Des positions qui décoiffent
Volupté et tourbillons

L'ART…

Ajouter une touche aquatique à votre répertoire est le moyen le plus rapide de faire monter la température entre vous et votre partenaire. Rien de tel qu'un rendez-vous galant en tenue d'Ève : pas de corvée de déshabillage, et en avant sur la pente savonneuse de la samba sensuelle. Fan de jacuzzi ou aficionado de la baignoire à pattes de lion, voici quelques façons de déchaîner de vrais tsunamis érotiques.

… ET LA MANIÈRE

Des envies polissonnes en vous savonnant mutuellement ? Soit ça vous prend au débotté en vous préparant pour partir travailler, soit vous vous concoctez soigneusement une escapade coquine, façon spa de luxe, avec bougies et encens parfumé. À vous de choisir. Mais la prochaine fois que vous aurez coincé votre homme dans un peu de H_2O, laissez-vous glisser doucement en mode « sexe ».

Le grand classique

Si vous êtes du genre à aimer vous faire plaquer au mur, la douche est l'endroit idéal. Une douce pluie d'eau chaude, la vision torride de vos deux corps nus, et juste assez de savon pour vous frotter l'un contre l'autre… Irrésistible. À faire fondre immédiatement le pire des glaçons !

Quand votre chéri vous collera à la faïence (il n'y manquera pas), attrapez discrètement un peu de crème de douche et commencez à lui caresser la verge et les bourses. Grâce à ce petit massage spécial, le voilà prêt à tout. Enroulez une jambe autour de ses hanches : il comprendra que vous voulez jouer les lianes amoureuses. Laissez-vous aller contre la paroi : il vous tient par les hanches pour vous pénétrer. Si la position entrave ses va-et-vient ou si vous avez du mal à participer, gardez une jambe autour de lui et reposez l'autre pied par terre (ou sur le bord du bac à douche).

Coup double

On ne louera jamais assez les douchettes : pour vos ébats, elles sont une bénédiction des dieux (ou de la quincaillerie la plus proche...) et permettent des gâteries dans les recoins intimes si difficiles à atteindre. Vous êtes face à la paroi, bras levés et mains à plat sur la faïence, le dos tourné à votre amant. Il peut donc à loisir vous caresser partout, vous embrasser dans le cou et diriger la douchette là où vous méritez une correction, vilaine fille... Il vous pénétrera par-derrière. Tandis qu'il vous mène à l'extase à grands coups de boutoir, si vous avez la chance d'avoir plusieurs jets, placez le premier au point de jonction entre vos deux corps. Monsieur gardera le second contre vous pour vous inonder jusqu'à l'orgasme.

La pente savonneuse

Ce n'est pas un hasard si sexe et souplesse font bon ménage. Voici une position facile pour le garçon (il lui suffit de rester au garde-à-vous...), mais qui exige de la fille de pouvoir se plier en deux. Debout dans votre dos sous l'eau chaude, il vous pénètre par-derrière tandis que vous basculez doucement vers l'avant. Si vous arrivez à poser les mains au fond du bac, c'est vingt mille lieues sous les mers pour lui et la fête pour votre point G ! Lorsqu'il passe en vitesse accélérée, ses couilles viennent frapper votre clitoris et c'est deux fois plus de plaisir garanti. Si vous sentez qu'il a une longueur d'avance, remontez les mains sur le bord du bac. Ce changement d'angle vous ramènera en eaux peu profondes et ralentira le rythme. Vous pourrez ainsi vous concentrer sur votre plaisir aquatique.

Tantrisme en baignoire

Emplissez le fond de la baignoire et laissez couler la douche pour maintenir l'eau à bonne température. Allongez-vous. Invitez votre chéri à vous savonner partout avant de commencer, de façon à pouvoir glisser facilement d'avant en arrière. À genoux devant vous, il lève une de vos jambes, vous pénètre et s'installe sur l'autre. Posez la jambe sur son épaule tandis qu'il s'appuie sur votre cuisse pour s'enfoncer toujours plus profondément. Avec le pubis de biais par rapport à lui, tout contre, vous voilà comblée. Une sensation que jamais la simple position du missionnaire ne pourra vous donner. Sans compter que votre clitoris est ainsi offert, à portée de main, pour vous aider à grimper plus vite au septième ciel.

Le coup du typhon

Proximité maximale avec cette position : vous serez enlacés, enroulés, imbriqués l'un dans l'autre. Asseyez-vous dans la baignoire pleine d'eau chaude ou sur le banc du jacuzzi, face à votre partenaire. Jouez les walkyries dans une chevauchée sensuelle et enroulez vos deux jambes autour de lui. Restez le plus droit possible, pour vous frotter l'un contre l'autre dans un débordement de passion (ne lésinez pas sur le savon pour faciliter la glisse !). Rapprochez-vous encore plus près – les bras enlacés aux siens pour garder l'équilibre. Si maintenir la posture se révèle trop difficile, renversez-le en arrière, tenez-vous à ses épaules (ou au bord de la baignoire) et continuez à le mener grand train, lubrique petite sirène.

Des positions qui décoiffent

Pleins gaz

L'ART...

Ne réfrénez surtout pas votre libido sous prétexte que vous êtes en dehors de chez vous. Il existe des voitures de toutes les formes et de toutes les tailles et, heureusement pour vous, il en va de même des positions... Sièges inclinables, cuir souple, musique choisie, toit ouvrant sur nuit étoilée, sont les ingrédients érotiques idéaux pour un rendez-vous galant des plus savoureux. Si vous n'avez pas la patience d'attendre d'être à la maison pour vous caresser, garez-vous sur le côté et explorez tous les accessoires dont votre concessionnaire ne vous a jamais parlé...

… ET LA MANIÈRE

Faire l'amour dans une voiture vous fera vibrer d'une façon que vous ne pourriez même pas imaginer dans une simple chambre à coucher. Entre la proximité maximale et la crainte de vous faire surprendre, vous verrez vos vitres s'embuer à la vitesse grand V…

La direction assistée

Il arrive que les mecs n'aient qu'une envie : vous voir prendre le volant. Faites-le asseoir à la place du chauffeur et démarrez la manœuvre : frottez-vous contre lui, embrassez-le dans le cou, mordillez-lui les oreilles tout en déboutonnant sa chemise. Caressez-le doucement du bout des doigts jusqu'à le voir frissonner d'excitation. Quand vous le sentez à point, le moteur ronronnant, passez sur lui, face au pare-brise, les mains sur le volant, et enfilez-vous lentement sur son membre. Appuyez-vous au volant pour le chevaucher à plein régime, cow-girl sexy en rodéo arrière…

Le grand prix sur la banquette arrière

Si les sièges avant vous ont donné des crampes, passez à l'arrière : toujours aux petits soins pour leurs clients, les fabricants d'auto ont pensé à y installer une banquette. Faites asseoir votre homme au milieu pour vous installer plus facilement sur lui. Dans cette position, il pourra vous contempler et vous toucher partout, selon son bon plaisir. Il n'aura plus qu'à vous tenir solidement tandis que vous le ferez glisser dans des abîmes de volupté. Bien calé sur le siège, il vous pénètre profondément et vous frottez votre clitoris contre son pubis à chaque passage. Profitant de ce qu'il vous tient par les hanches, renversez-vous en arrière le plus loin possible, en vous appuyant sur ses épaules ou le haut du dossier, de façon que son sexe vienne frapper la paroi supérieure de votre vagin. Inutile de dire que vous aurez vite fait de transformer l'habitacle en bain de vapeur : glisse sensuelle garantie ! Quand vous voudrez reprendre pied, laissez entrer un filet d'air pour vous rafraîchir.

La manette en folie

Prendre la route est riche de promesses… comme une petite turlutte en voiture, par exemple. Votre partenaire aurait probablement du mal à se concentrer sur sa conduite rien que si vous l'embrassiez dans le cou. Alors prétendre lui tailler une pipe risque de vous conduire droit dans le décor ! Mieux vaut couper le moteur. Il pourra vraiment se laisser aller… Cela dit, une fella tion depuis le siège passager n'est pas des plus simples : vous êtes sur le côté, en position perpendiculaire, ce qui donne l'impression bizarre que le pénis n'est pas à la bonne place. Vous risquez le coup de dent involontaire ! Pour l'éviter, procédez lentement ou alors agenouillez-vous devant lui au pied du siège, pour vous retrouver dans une position classique. Il s'accrochera au volant (ou à votre queue-de-cheval…) au moment suprême.

"L'endroit le plus
érotique d'un corps
n'est-il pas là
où le vêtement
bâille?"

Roland Barthes

Mini-guide du dialogue coquin

Se dire des mots cochons est l'un des plus sûrs moyens de faire monter le désir entre les deux partenaires et de pimenter vos culbutes sous la couette. Curieusement pourtant, ce truc de base est l'un de ceux que les couples redoutent le plus. Petit rappel de ce qu'il vaut mieux faire (ou éviter) pour bien concocter vos scénarios cul.

À faire

Prenez confiance en vous. Personne ne vous demande de devenir une star du vocabulaire porno en un soir. Mais évitez de jouer les nunuches et de vous tortiller d'un air gêné en bafouillant une vague grivoiserie. Ça sonne faux et c'est un tue-l'ambiance garanti.

Restez sincère. La façon la plus simple de faire vos gammes est d'exprimer une envie ou de détailler ce qui vous plaît. Susurrer des trucs sympa à votre moitié vous mettra en train tous les deux, et rien n'interdit de rester soft pour commencer. Dites par exemple : « J'adore quand tu es sur moi » ou « Te sentir en moi, ça me fait un de ces effets ! » Ça ne vous voudra pas le césar du dialogue « hardcore », mais ça lancera la conversation…

Soignez vos descriptions. Par texto ou en face à face, expliquez clairement à votre partenaire ce que vous avez envie de lui faire et (c'est tout aussi important) ce que vous voulez qu'il vous fasse. Si vous n'osez pas (encore) la franche vulgarité, misez sur la sensualité : cherchez des mots évocateurs, attardez-vous sur la description, fouillez les détails. Plus vous serez imagé(e), plus vous sentirez monter la sensation.

Forcez-vous un peu. S'il est si excitant de parler cru, c'est que la plupart des gens ne vont pas crier sur les toits qu'ils adorent baiser comme des branques. Réserver votre lexique cul à la chambre à coucher ou le murmurer à la seule oreille de votre chéri(e) fait de vous quelqu'un de très bien : à la fois digne d'être présenté(e) à Môman et capable de s'envoyer en l'air sans vergogne après. Bref, sortez de votre registre habituel, soyez direct(e) et évitez les puérilités du genre « zizi », « petit oiseau » ou « plus bas ».

Lâchez-vous. D'autant plus si vous n'avez pas l'habitude de jurer ou d'employer des mots grossiers. Au lit, c'est un bon moyen de traduire votre désir animal, primitif, débridé. Ne craignez pas l'expression forte : « Ah, bon dieu, vas-y, baise-moi ! » ; ni le superlatif : « Tu as la putain de queue la plus sexy que j'ai jamais enfilée » ; ni l'adjectif évocateur : « Tu vas voir comme je vais te la défoncer, ta putain de petite chatte trempée »... Entre deux gémissements, optez pour un simple « Oooooooh putain, comme c'est bon ». C'est frais, passe-partout et toujours de bon goût...

À ne pas faire

Vous planter. Vous pensez qu'à vous entendre, votre partenaire va être mort de rire ? Vous avez peur d'être ridicule ? Alors taisez-vous. N'allez pas vous vanter d'avoir la plus grosse queue qu'elle ait vue de sa vie, ni lui promettre la pipe de ses rêves. Si c'est faux, vous risquez le plantage total. Si c'est vrai, il ou elle vous le fera savoir.

Crier le nom d'un(e) ex. Vous êtes avec Jules (ou Mélanie), ne vous trompez pas de fiche. C'est sûr, crier le nom de votre chéri(e) dans le feu de l'action est un moyen sûr de faire monter la température. Sauf que si ce n'est pas le bon prénom, vous risquez de voir voler la lampe de chevet ou l'entendre claquer la porte vite fait.

En rajouter trois couches. N'annoncez pas à votre copine : « Je vais te faire te rouler par terre. » C'est peut-être vrai, mais une image aussi évocatrice d'une crise d'épilepsie ne va certainement pas la faire monter au septième ciel.

Concentrez-vous sur les sensations que vous voulez lui offrir, sans insister sur les réalités terre à terre.

Tomber dans le trash. Rien de tel qu'une bonne petite grivoiserie pour vous échauffer les sens. Mais il y a vulgarité et vulgarité. Dire « Je vais te chier sur les seins » ne le fera vraiment pas...

Parler bébé ou donner des petits noms à vos sexes. Gagater peut être mignon comme tout pendant un gros câlin, mais c'est à fuir sous la couette. N'allez pas non plus traiter de « petit soldat » le pénis de votre homme : vous risquez de voir ce vaillant guerrier retomber direct à la caserne. Évitez aussi de surnommer vos intimités respectives au plus chaud de vos ébats : vous obtiendrez l'inverse de l'effet recherché. Donc, pas de « Redoutable » ni de « Maître du Tonnerre » pour monsieur, ni de « Grotte rose » pour madame. Restez-en aux bons vieux classiques, du genre « queue », « bite » ou « chatte », assortis d'adjectifs choisis...

Chapitre 2

Pan sur les fesses !

"La douleur
n'est pas un mal,
sauf lorsqu'elle
nous domine..."

Charles Kingsley

"Plus doux
est le plaisir
après la douleur..."

John Dryden
La Fête d'Alexandre

INTRODUCTION
Le pourquoi du comment de la fessée

Bien avant les clubs, les playrooms, les backrooms, bien avant les godemichés, les vibromasseurs, les dildos, et bien avant les cravaches, les fouets, les martinets, il y eut la main nue.

Sur la route d'un plan cul pimenté de douleur exquise, la fessée est une première étape – où chacun trouve son compte. Si l'on comprend bien que des amants empressés ne se rassasient pas des douceurs du sexe, il est plus difficile de comprendre comment une bonne fessée peut procurer le même plaisir. Explication : le corps humain libère des substances chimiques (endorphines et adrénaline par exemple) lorsqu'il est exposé à une activité intense, à une forte stimulation, voire à de la douleur. Un tiercé inséparable de l'activité sexuelle. Donc, lorsque le désir débordant de votre partenaire se traduit par une vigoureuse claque sur les fesses, la conjonction de votre excitation et d'une pointe de douleur a de bonne chance de faire passer vos ébats (et votre orgasme) à un niveau inédit. En commençant à petits pas (ou à petites tapes !), le présent chapitre vous fera explorer de A à Z un nouveau champ de votre répertoire sexuel, à la fois des plus simples et des plus excitants.

La Classique : « À Mains Nues »

L'ART…

Si vous ne connaissez pas la sensation d'un postérieur fraîchement fessé (entre fourmis et picotements), mieux vaut partir de la base. Non, pas le martinet : ça, c'est pour plus tard. Pour commencer, servez-vous de l'accessoire que vous avez reçu à la naissance : vos mains. Que vous soyez le fesseur ou le fessé (à votre préférence), la classique fessée à mains nues est une bonne façon d'aborder vos plans sexe sur un mode plus vigoureux, voire primitif. Elle peut aussi constituer un formidable intermède à vos ébats. Car s'il est vrai que la fessée s'inscrit parfois dans un jeu de domination, elle s'impose le plus souvent dans le feu de l'action, sous une forme ainsi décrite par notre équipe de scientifiques : « Bon sang, tu es trop bonne, tiens, prends ça ! » À vous de choisir ce qui vous fait envie : les claques à mains nues donneront forcément à votre vie sexuelle une nouvelle douceur piquante. Alors, on se chauffe les paumes, on offre son derrière et en avant pour la fessée !

… ET LA MANIÈRE

Au stade débutant, ayez soin de vérifier où vous mettez… les mains avant de vous lancer. Vous jouez le fesseur, mais vous n'êtes pas sûr que votre chérie ait envie de se faire corriger, même par vous, et vous n'osez pas le lui demander ? La prochaine fois qu'elle vous chevauche, opérez quelques travaux d'approche. Pétrissez, caressez, maniez-lui le derrière. Quand vous n'en pouvez plus, donnez-lui une claque vive (mais pas trop) sur le cul. Sa réaction (physique et vocale…) vous indiquera si vous avez le feu vert ou s'il faut vous arrêter immédiatement.

Vous avez l'autorisation de continuer ? Alors, traitez la fessée comme une friandise. Trop peu et trop courte, vous n'aurez pas votre ration. Trop prolongée et trop vigoureuse, vous friserez l'indigestion, et on vous confisquera le bocal de bonbons. Lorsque vos ébats sont particulièrement fougueux, pimentez-les de quelques claques bien placées et vous partirez tous deux en orbite. N'hésitez pas à frapper plusieurs fois de suite, sur un rythme lent et régulier, du plat de la paume ou à doigts recourbés. Profitez-en quand votre partenaire est au-dessus (et faites le tour) ou quand vous la prenez en levrette. Vous aurez alors une vision imprenable des marques rouge vif que vous lui imprimez sur le fondement.

Vous avez envie de vous faire fesser et ne savez pas comment le demander ? Jouez sur le même registre de subtilités et lancez-vous. Si vous êtes en parfait accord sexuel avec votre partenaire, il y a de bonne chance que le jeu en vaille la chandelle. Certes, il n'est sans doute pas très indiqué de lancer un « J'ai très envie que tu me donnes la fessée » au milieu d'un dîner avec vos beaux-parents – ce n'est pas le bon moment. Mais une fois au lit, il suffit d'embrasser votre homme dans le cou et de lui murmurer le message en vous installant sur lui. Si parler vous embarrasse, prenez-lui les mains, posez-les sur vos hanches et descendez-les par-derrière pour vous faire caresser. Servez-vous de ses mains pour vous donner de petites tapes. Amplifiez le mouvement si nécessaire. À ce moment-là, il aura probablement compris que vous avez envie qu'on vous fasse « pan sur les fesses » !

“L’excitation
est le fondement de
l’érotisme, son énigme
la plus profonde,
son mot-clé. ”

Milan Kundera

On passe aux accessoires

L'ART…

Une fois que chacun de vous deux possède à fond les bases de la fessée à mains nues, il est temps d'ajouter un accessoire. Cela accentuera votre force de frappe ou intensifiera votre sensation à la réception. À chaque bonne claque sur le cul, le flux sanguin vient irriguer les terminaisons nerveuses de cette région particulièrement sensible, avec des répercussions immédiates sur les zones voisines, si propices à tous les émois. L'accessoire est un stimulant très excitant pour votre vie sexuelle : d'abord parce que c'est nouveau, mais surtout pour ce qu'il implique d'anticipation. Certes, il ne faut pas cracher sur une partie de jambes en l'air spontanée, mais il est indéniablement plus sexy encore de réaliser que votre partenaire pense à vous faire votre fête si souvent qu'il ou elle a pris la peine de se procurer du matériel…

… ET LA MANIÈRE

De quoi allez-vous vous servir ? Inutile de vous lancer dans une production à gros budget. Vous avez certainement ce qu'il faut à la maison. La bonne vieille brosse à cheveux ou la raquette de ping-pong sont des classiques qui ont fait leurs preuves. Les deux sont également faciles à manier, et si leurs impacts ne sont pas à négliger, ils ne sont pas non plus cuisants au point de redouter de s'asseoir pendant une semaine. Une raquette de ping-pong est généralement recouverte d'une fine couche de cuir ou de caoutchouc qui donne au coup une qualité sonore particulière, comme un bruit mouillé.

La brosse à cheveux est multi-usages. Le plat du manche fait à peu près le même effet que la raquette, tandis que la brosse elle-même, hérissée de piquants en plastique à bouts arrondis ou en soies naturelles, provoquera de délicieux échauffements à chaque contact avec vos parties charnues.

Vous avez trop envie d'acheter des accessoires ? Alors, explorez sans complexe une offre très fournie. Il existe toutes sortes d'instruments propres à vous procurer une gamme de sensations variées, de la sensualité la plus douce à l'érotisme le plus violent.

Si vous optez pour la douceur, essayez un battoir recouvert de fourrure. Le velouté du poil adoucit la dureté du bois et permet d'alterner coups et caresses. Si vous préférez la manière forte et le genre « pas de quartier », tentez le battoir clouté, pour des coups vraiment mordants. Les pointes exacerbent le couple « plaisir-douleur » – faites quand même attention aux blessures…

Vous voilà dûment outillés pour vos petites séances de corrections intimes. Il ne vous reste plus qu'à enrichir à votre guise votre panoplie d'accessoires – au fait, avez-vous pensé à l'une de vos ceintures ?

BIEN FAIT POUR VOUS !

L'ART…

À un moment ou un autre, l'art de la fessée s'accompagne forcément d'une dose de jeu de rôle. Pour faire monter l'adrénaline pendant vos soirées sexe, rien de tel que de vous déguiser en maîtresse cuir, en flic sexy, en médecin obsédé ou en [insérez ici la profession de votre choix] lubrique. L'explication est simple : sur le mode du jeu, vous vous autorisez des choses que vous ne feriez pas dans la vie courante, surtout s'il s'agit de trucs un peu salés dont vous auriez même un peu honte. Par exemple : normalement, vous ne pratiquez pas la randonnée, jouer aux amoureux transis sur un chemin de montagne embaumant le sapin n'est pas exactement ce qu'il vous faut pour pimenter vos plans cul, sauf si vous y ajoutez des anneaux et des mètres de corde… Donc, incarnez la vilaine fille ou le méchant garçon la prochaine fois que vous vous ferez un film (porno). Vous remporterez peut-être un oscar !

… ET LA MANIÈRE

Partons sur un truc simple, et admettons que vous ayez tous deux envie de faire la « vilaine écolière ». Trop has been, ce fantasme ? Allons donc… Vous avez vu Britney Spears quand elle chante *Baby One More Time* ? Torride. Non seulement c'est super sexy, mais le scénario est facile et peu coûteux à mettre en scène pour un résultat chaud-bouillant.

D'abord, le costume. Vous trouverez sans problème une jupe plissée sur Internet ou dans un dépôt-vente – à moins, bien sûr, que vous ne préfériez votre boutique locale de cadeaux coquins. L'habit faisant le moine, vous voilà presque prête pour vos deux heures de colle… Pour compléter la jupe, enfilez un haut bien moulant (un de vos T-shirts, cardigans ou chemisiers fera l'affaire, à condition de le boutonner jusqu'au cou), une paire de chaussettes hautes et des chaussures à talons (de préférence avec une bride sur le dessus, si vous avez). Terminez par une queue-de-cheval, des tresses ou deux couettes. Très réussie, cette écolière sexy !

Rester dans le personnage est l'une des grandes difficultés du jeu de rôle. Mais répéter « Quelle idiotie » ou manifester que l'on se sent vraiment crétin(e) en restant raide comme un manche à balai est le moyen le plus rapide d'avoir un zéro pointé à l'examen. Alors, lancez-vous (la confiance est une séduction de plus) et emparez-vous du rôle, que vous fassiez la vilaine écolière ou le professeur qui la retient après la classe. Revoyez votre Mini-guide du dialogue coquin (voir p. 23) pour chauffer l'ambiance. Mordillez-vous les lèvres pour expliquer au prof que vous avez drôlement besoin d'une pratique de l'oral, ou inventez une punition corporelle pour l'élève qui ne vous a pas rendu ses devoirs à temps... Jamais l'école n'a été aussi agréable !

Ce scénario (comme n'importe quel autre du reste) ne serait pas abouti sans sa petite séance de fessée. Tout est dans la punition. Alors jouez des paumes, de la règle ou de l'ardoise pour une sérieuse mise en retenue. Couchez votre écolière en travers de vos genoux pour la punir de son insolence, demandez-lui de compter les coups et de vous appeler « Monsieur ». Ce n'est pas pour rien que les jupes plissées sont si courtes : profitez-en ! Relevez bien haut la sienne et rappelez-lui pourquoi elle est collée – avec des mots très cochons. Ses tresses ne sont pas là seulement pour faire joli non plus. Tirer (ou se faire tirer) les cheveux comporte une dose d'agressivité animale riche de multiples possibilités scéniques. Du reste, queue-de-cheval ou tresses constituent la coiffure parfaite pour la monter par-derrière. Alors, empoignez les rênes, claquez-lui le postérieur et en route pour une chevauchée un peu spéciale !

À vous, ensuite, d'enrichir votre répertoire de théâtre sexy. Procurez-vous d'autres accessoires et distribuez-vous autrement les rôles. Elle peut même jouer l'ouvrier qui siffle au passage d'un innocent inconnu… Travaillez les côtés inavouables de votre libido, n'hésitez pas à briser vos tabous et, surtout, amusez-vous bien !

Fouette-moi, chéri(e) !

L'ART…

Passons maintenant à l'accessoire incontournable : le fouet et, plus précisément, le martinet. L'objet se compose d'un manche duquel partent plusieurs lanières. Généralement de même longueur, celles-ci peuvent être de matières diverses (cuir, latex, plastique, corde, crin…), voire remplacées par des chaînes de grosseurs variées. Instrument classique de correction, le martinet se prête à d'innombrables usages érotiques. Il vous servira à punir votre partenaire quand il n'aura pas été sage, ainsi qu'à explorer et repousser vos limites à des degrés que vous n'auriez jamais imaginés. Ce genre de jeu sadomaso est le must absolu pour les accros aux endorphines. Plus vous souffrez sous les coups de votre partenaire, plus vous libérez la douce substance apaisante et en savourez les effets. Que vous jouiez du fouet dans des scénarios de punition/domination ou juste quand il vous en prend la fantaisie, voilà une forme de méchant plaisir qui ferait même ronronner la Catwoman de Batman.

"Voulez-vous bien
me permettre, madame,
de mordre et pincer
vos belles chairs
pendant que je fouts ?"

Sade
La Philosophie
dans le boudoir

… ET LA MANIÈRE

Le martinet s'emploie le plus souvent à des fins de « discipline ». Le fessé est allongé sur le ventre ou couché en travers d'une chaise, d'une table, sur un oreiller ou même sur un banc réservé à cet usage. Frappez à petits coups rapides qui échaufferont progressivement la peau jusqu'à vous faire tous deux hurler d'excitation. Pour un effet vraiment cinglant, ralentissez le rythme et allez-y plus fort : non seulement l'impact est plus puissant, mais l'attente entre chaque coup prend une saveur particulière. Avant, pendant ou après, passez légèrement les lanières sur les fesses de votre partenaire (ou sur la zone que vous vous préparez à viser) : entre chatouilles, chair de poule et fourmillements, l'effet est garanti. Après ce bref répit, votre « victime » sera d'autant plus réceptive à un nouveau round.

Il est essentiel de savoir où frapper. D'une façon générale, les régions qui « appellent » le fouet sont l'arrière des cuisses, les épaules et, bien sûr, un joli cul rebondi. Sauf si vous ou votre partenaire trouvez particulièrement excitants un passage par les urgences ou une cellule de garde à vue, évitez absolument la tête, le visage, le cou, la colonne vertébrale et l'abdomen, qui abrite des organes fragiles comme l'estomac ou le foie. Se faire fouetter a un attrait sexuel indéniable, mais autant savoir se servir de ses jouets !

À propos, pardon pour ce détail sordide, mais nettoyez bien votre matériel entre chaque utilisation. Avis à qui ne supporte pas la vue du sang, le fouet n'est pas vraiment pour les mauviettes… Selon l'intensité de vos séances, sachez à quoi vous attendre : de la simple zébrure à la peau meurtrie. Donc, si vous avez des partenaires multiples, ne vous servez jamais d'un martinet sans l'avoir lavé et désinfecté au préalable. Utilisez un produit adapté au matériau : savon bactéricide, shampooing pour cuir, voire eau de Javel. Une fois ces pratiques bien intégrées, jouez du martinet en virtuose !

Les soins post-fessée

L'ART…

Toute bonne correction requiert ensuite des soins attentifs de la zone meurtrie. La fessée vise à tester vos limites physiques, à stimuler votre créativité érotique, à trouver de nouvelles formes de rapprochement avec votre partenaire – sans oublier, bien sûr, l'excitation pure et simple. Mais aussi vigoureux soit-il, ce genre de rendez-vous ne doit laisser aucun de vous deux réduit à l'état de gelée tremblotante dans un coin de la pièce. Vous avez une conception pure et dure de la fessée et des jeux BDSM ? Dans ce cas, il est impératif de prévoir le traitement et le massage propres à vous faire redescendre en douceur de vos sommets de volupté douloureuse… et à calmer les culs endoloris.

… ET LA MANIÈRE

Cela ne fait aucun doute : la fessée est un excitant de première, mais laisse des marques sur les postérieurs. Que ceux-ci gardent en souvenir la forme brûlante d'une main prompte à la claque, le dessin d'une pointe de cravache ou le mot « LOVE », imprimé par le battoir très coquin acheté la veille il va falloir leur porter une tendre attention. Allongez confortablement votre victime sur le lit, vos genoux ou toute autre surface moelleuse et commencez à lui frictionner doucement le derrière. Si vous vous sentez encore dans l'ambiance du jeu, dites-lui qu'il ou elle a fait du bon travail et mérite sa récompense – en l'occurrence, ce traitement de faveur. À ce stade, évitez absolument toute parole dure ou négative. Passez de l'huile de massage ou une crème apaisante sur les zones qui ont reçu le plus de coups. S'il risque d'y avoir des bleus (ils apparaissent peut-être déjà), l'opération stimulera la circulation du sang et calmera la douleur.

Les soins post-fessée ne visent pas seulement à traiter les conséquences physiques de vos exploits : ils ont une grande importance psychologique. Si vous avez été particulièrement brutal(e), votre partenaire a sans doute besoin de démonstrations de tendresse et d'estime de votre part. Et si vous pratiquez des jeux de domination impliquant soumission et humiliation, indiquez-en clairement les limites et arrêtez-vous au moment convenu : c'est impératif pour éviter tout malentendu et sentiment de dégradation inutiles.

Bien choisir huiles et crèmes de massage dépend de l'effet recherché. Si vous ne jurez que par les produits naturels, sachez que certaines huiles essentielles comme l'eucalyptus sont un tonifiant pour la peau, tandis que le jasmin et la lavande seront plus apaisants. Attention : à fortes doses, elles peuvent être toxiques, voire létales (surtout, lisez les étiquettes !!!). Si vous les choisissez pures, il faut donc absolument les diluer dans de l'huile d'amande douce ou de sésame. Pour éviter tout souci, contentez-vous d'acheter des huiles parfumées dans votre boutique préférée de produits pour le bain. Fuyez les senteurs trop envahissantes et les produits contenant de l'alcool : ils piqueront, et pas dans le sens excitant du terme. Pour vos frictions post-fessée, les meilleurs élixirs sont ceux qui contiennent de l'aloe vera, du beurre de karité, de la vitamine E. Vous pouvez aussi opter pour une huile de massage qui laisse sur la peau une douce sensation de chaleur. Elle calmera les souvenirs les plus cuisants de votre performance et vous aidera à vous détendre après tant d'efforts. Avec un peu de chance, ce massage vous sera à chacun si délicieusement sensuel et apaisant que vous pourriez même reprendre illico le chemin du septième ciel !

Ces jouets que vos parents ne vous ont jamais offerts

Curieux d'en savoir plus ? Voici une liste d'accessoires et autres joujoux disponibles. Si l'envie d'une bonne fessée vous démangeait déjà, vous saurez quoi choisir !

Le plumeau coquin. La façon la plus sensuelle et séduisante de débuter vos jeux de main, jeux de vilains, c'est la version sexy, colorée (et propre…) de l'instrument de ménage favori des soubrettes à la française. À manier savamment pour chatouiller et titiller aux bons endroits, et subjuguer votre partenaire.

La cravache. Issue de l'univers des cavaliers, la cravache est l'un des accessoires de base du BDSM. Elle se présente comme une tige de cuir, munie d'une poignée à une extrémité et d'une courte lanière à l'autre – contact cuisant garanti.

La canne. En plastique ou en bois, c'est l'instrument favori des amants férus de châtiments corporels. Généralement souple et légère, elle fend l'air avec un sifflement particulier : on entend venir le coup…

Les battoirs. Il existe des dizaines de versions de ces petites planches terminées par une courte poignée : en bois (parfois recouvertes de vinyle ou de cuir) ou en plastique. Doublés de fourrure, ils amortissent les coups. Cloutés, ils provoquent des sensations plus que piquantes. Certains sont troués pour démultiplier les effets de la frappe. Et les battoirs « pochoirs » dessinent en relief de gentils petits cœurs ou impriment le mot « LOVE » sur la peau.

Le chat à neuf queues. Ce fouet se compose d'un manche d'où partent neuf lanières de cuir. À l'origine, il constituait une sanction disciplinaire de la marine britannique. Le châtiment était particulièrement cruel, les lanières portant des nœuds sur toute leur longueur et se terminant par une griffe de métal.

Le knout, ou la discipline. Version très hard du précédent, cet instrument comporte une poignée de cuir et des lanières, souvent tressées et terminées par des nœuds, d'où partent des mèches plus petites. À réserver aux amateurs de BDSM « pur et dur ».

Les gants de fessée. En cuir, ces gants spécialement conçus vous protégeront la paume de la main quand vous l'abattrez sur votre partenaire, tout en démultipliant ses sensations. Certains sont doublés de picots pour renforcer les effets de l'impact.

La jupe de cuir spécial fessée. Pour la séductrice tour à tour dominatrice et soumise, cette jupe de cuir souple se présente côté face comme une stricte jupe droite, sagement coupée au genou. Mais côté pile, elle laisse les fesses et les cuisses à l'air pour un accès optimal. Des lanières de cuir la maintiennent en place et créent un « effet bondage » très excitant.

Chapitre 3

Attache-moi !

"Jusqu'ici
je n'ose présumer
en toi une parfaite
connaissance
de moi, et tel tu m'es
un délicieux
tourment..."

Ralph Waldo Emerson
Amitié, amour, art : trois essais

"Cupidon tue les uns
avec des flèches,
il prend les autres
au trébuchet."

William Shakespeare
Beaucoup de bruit pour rien

De l'intérêt de s'attacher

Il faut une grande confiance l'un dans l'autre pour s'autoriser des jeux de cordes avec votre partenaire, mais c'est justement ça qui rend l'exercice encore plus excitant ! Une partie du plaisir du bondage tient dans cette sensation d'aventure, mâtinée d'un soupçon de jeu de rôle. Ligotée et sans défense, vous avez tout de la damoiselle en détresse, à moins que vous ne teniez vous-même la corde pour jouer la méchante !

Dans le bondage, l'élément le plus important est le ressenti du pouvoir de l'autre. Pas besoin de réussir des nœuds parfaits : vous ne travaillez pas au gréement d'un voilier et votre partenaire ne va pas dériver avec la marée. Mais il est impératif qu'il ou elle se sente ligoté(e) « pour de vrai ». Comme au théâtre, pour la qualité du spectacle, tout le monde est obligé de faire semblant. Mais de même qu'il est difficile de croire à l'histoire si les acteurs ont des sabres en carton, vous aurez l'air idiot si vous vous débattez lascivement dans des liens trop lâches. Donc choisissez vos accessoires avec soin et respectez la mise en scène choisie !

Soyons sérieux une seconde. Le sexe, c'est génial, mais les accidents liés à certaines pratiques le sont beaucoup moins. Pas d'imprudence SVP : on ne sait jamais, ne laissez jamais une personne seule après l'avoir attachée. Prévoyez toujours un moyen rapide de libérer votre partenaire, en cas d'incendie, d'inondation, d'invasion par des zombies ou autre apocalypse. Ne vous laissez jamais attacher si vous n'avez pas une confiance absolue dans votre acolyte (vous êtes sûr(e) qu'il ou elle vous détachera…), et respectez toujours ses limites.

SANS LES MAINS !

L'ART…

Attacher votre chéri(e) ne vise pas seulement à le ou la faire rester tranquille. En lui liant les poignets, vous lui ôtez purement et simplement toute liberté de se servir de ses mains ! L'entraver ainsi revient à lui signifier que c'est vous qui commandez et décidez de ce qui va se passer. Certes, tout est dans le visuel et le symbolique, mais le message est aussi bien « réel », et par ce simple geste, vous disposez de mille et un moyens de vous l'approprier.

… ET LA MANIÈRE

Debout, assis(e), penché(e) sur le canapé ou plaqué(e) contre la paroi d'un ascenseur, ce jeu peut se jouer partout. Une seule règle à respecter : pour l'un de vous deux, c'est sans les mains ! C'est le b.-a.-ba, le minimum obligé du bondage, un exercice d'entraînement pour débutants en somme. Très simplement, l'un des partenaires est privé de l'usage de ses mains. Il y a diverses façons d'y parvenir : quand vous êtes sur lui, plaquez-lui les mains sous les vôtres, ou bien ordonnez-lui de les garder au-dessus de sa tête, en le menaçant de le punir s'il n'obéit pas. Bien sûr, pour un vrai bondage, il vous faut de quoi l'attacher : une cravate fera l'affaire.

Pour lui lier les poignets, vous avez le choix : soit les paumes de main face à face (la personne peut bouger si la posture devient vraiment trop inconfortable), soit les poignets croisés (nettement plus élégant à voir). Selon ce que vous avez en tête, vous déciderez de lui laisser les mains devant ou de les lui attacher derrière le dos. Ce dernier choix est plus exigeant et difficile à tenir, car il affecte l'équilibre de la personne. Celle-ci redoute de tomber, ce qui la rend d'ailleurs plus vulnérable (et l'oblige à dégager la poitrine, ce qui constitue un charme supplémentaire...). Si vous voulez vous déplacer, il est sans doute plus facile d'opter pour les mains attachées devant. Vous pouvez ainsi aider à une mise en position confortable pour une fellation, voire vous enlever les cheveux des yeux, mais votre liberté d'action s'arrête là. Cette sensation d'impuissance a pour contrepartie le sentiment de pouvoir absolu qui sera le vôtre quand viendra votre tour de ligoter votre partenaire. Mais comme nous l'avons vu au chapitre Fessée, celui qui a le dessus n'est pas le seul à savourer la situation !

VOLUPTÉ BIEN ATTACHÉE

L'ART...

Il est bel et bon d'affirmer vouloir attacher votre partenaire. Et ensuite, il se passe quoi ? Vous allez devoir vraiment changer votre façon d'agir, sans vous contenter de faire l'amour comme d'habitude, avec juste quelques accessoires en plus. À vous de tirer le meilleur parti de la situation ; et le mieux, pour y parvenir, est de multiplier les caresses à des endroits bien choisis. L'objectif est double : affoler votre partenaire à force d'attouchements calculés pour l'envoyer au septième ciel (mais pas tout à fait !) et exhiber votre puissance en prenant votre temps et en le tripotant partout à votre guise.

... ET LA MANIÈRE

Pour cela, vous avez juste besoin d'un(e) camarade de jeu, et de quelque chose pour l'attacher. Vous avez forcément chez vous toutes sortes d'objets susceptibles de remplir cet office : foulards, ceintures et cravates font bien l'affaire, en particulier pour débuter. Mais il y a aussi les bandages élastiques, les menottes en fourrure... Commencez modestement, jusqu'à ce que vous sachiez l'un et l'autre avec quoi vous vous sentez à l'aise. Si vous optez pour des attaches plus sérieuses, comme des fermetures à glissière, du cordon ou de la corde, ayez toujours une paire de ciseaux à portée de main au cas où vous auriez à ôter rapidement ces liens.

Vous débuterez probablement par lier les poignets et les chevilles. Attention : ces articulations sont bourrées d'artères, de tendons et de terminaisons nerveuses. Ne serrez pas au point de gêner la circulation du sang, et si vous voulez augmenter la pression sur telle ou telle zone, répartissez-la en faisant plusieurs nœuds tout le long du membre. Si vous avez vraiment envie de vous la jouer, procurez-vous des menottes et des entraves spéciales bondage, en pensant toujours style et sécurité. Il en existe de toutes sortes, dans une grande variété de matières et de types de fermetures. Attachez serré, mais avec assez de jeu pour que votre partenaire soit à l'aise et puisse remuer un petit peu. S'il vous demande de lui laisser une prise sur quelque chose (il pourra s'y accrocher au plus fort de l'action), positionnez les liens en conséquence.

Voilà votre camarade de jeu dûment immobilisé. Ne foncez pas droit sur ses zones érogènes. Caressez, effleurez, embrassez-le sur la poitrine, le long du sternum, descendez vers l'abdomen. C'est une région hypersensible, et si proche (mais pas trop !) de l'intimité de votre chéri(e). Attardez-vous un peu, sans céder à la tentation de mettre tout de suite cap au sud. Ce n'est pas encore le moment, la volupté est aussi dans l'attente... Donc, n'allez pas droit au but. Titillez-le avec une ou deux caresses bien placées ou en passant « accidentellement » sur son sexe, mais n'insistez pas. Allez doucement et, pour marquer votre pouvoir absolu, variez vos attouchements, touchez là où il ne s'y attend pas, prolongez les préliminaires. Souvenez-vous qu'il ne s'agit pas seulement pour vous de le toucher partout à votre guise (même si vous profitez de la situation, bien sûr !). Caressez-le selon ses préférences. Vous n'êtes pas sûr(e) de les connaître ? Eh bien, c'est le moment de les découvrir ! Encore quelques minutes de ce petit jeu, et vous pourrez le prendre en pitié et commencer à lui prodiguer ce plaisir, cette délivrance voluptueuse que vous retardez à loisir. Là encore, ne restez pas trop longtemps au même endroit. Variez vos gestes dès que votre partenaire paraît s'être habitué à telle ou telle caresse. Attendez de le sentir à point et frémissant d'attente pour lui donner le coup de grâce. Entre une pipe mémorable, un rodéo d'enfer... ou ce que vous voudrez, vous n'avez que l'embarras du choix !

Troussage et massage

L'ART…

Le massage est un classique du plan sexe. On le pratique même dans les chambres les plus fleurs bleues. Dans sa version hot, il tourne à la friction mutuelle. Peau contre peau, et gémir de plaisir… c'est physique en diable et torride à souhait ; le compte à rebours vers les étoiles. Ajoutez-y une touche de bondage, c'est un feu d'artifice. Comme dans la pratique précédente, tout est dans le pouvoir et la maîtrise. Vous avez la haute main sur le corps de votre partenaire, et heureusement pour lui (ou elle), vous avez décidé d'être gentil(le) – pour l'instant ! Si vraiment ça vous excite, vous pouvez vous montrer un peu brutal(e) avec quelques caresses rugueuses, mais le vrai plaisir est de voir quels moyens vous allez mettre en œuvre pour l'entendre vous supplier de continuer (« Encore… »).

… ET LA MANIÈRE

À ce stade, vous êtes sans doute passé pro dans l'art de l'attache. Pour ce qui va suivre, il est très important de garder du jeu. Votre partenaire doit se sentir à l'aise : vous avez envie de le voir attentif à ce que vous faites, pas distrait par une corde qui lui scie les poignets. Immobilisez-le sur le dos pour commencer, ou trouvez un moyen confortable de l'entraver qui vous laisse plein accès à son dos et son derrière.

Complétez la mise en scène avec des trucs de la vieille école : lumières tamisées, musique douce, bougies parfumées créeront l'ambiance. Huile ou lotion de massage parfumées sont aussi fortement recommandées. Et souvenez-vous qu'elles ne servent pas seulement à masser le dos !

Pour commencer, réchauffez-vous les mains, avec ou sans huile, et posez-les sur le corps de votre partenaire. Restez là un moment et commencez… par une pluie de baisers. Partez de la nuque, massez de chaque côté de la colonne vertébrale, depuis la base du crâne. Cette zone est pleine de terminaisons nerveuses et de points sensibles : entre vos baisers et vos caresses, vous serez bientôt tous deux dans le parfait état… d'esprit. Ne vous attardez pas trop : même si la sensation est très agréable, un massage prolongé risque de se révéler irritant, voire de provoquer des maux de tête. Descendez progressivement, en vous concentrant sur les bras et les épaules. Veillez à alterner des pressions plus fortes sur les muscles et des passages plus légers sur les points plus sensibles que sont les poignets, les mains et les pieds. Puisque vous êtes le chef, permettez-vous une caresse un peu rude, mais attention à ne pas faire mal : une friction vigoureuse est excitante, un muscle froissé ou un nerf pincé, non. Écoutez les réactions de votre partenaire. Vous connaissez sa gamme sonore dans le plaisir : alors, guettez les soupirs ou les gémissements qui vous diront que vous avez touché le bon endroit. Continuez sur le même mode aussi longtemps que vous voudrez. Quand vous en aurez envie, terminez le jeu en faisant jouir votre partenaire de la main ou de la bouche, ou en le chevauchant jusqu'à l'orgasme.

Aux quatre coins du lit

L'ART…

Tradition oblige : des multiples façons d'attacher son partenaire, on n'a encore rien trouvé de mieux que le classique « bras en croix et jambes écartées ». La position est confortable, n'oblige pas aux contorsions bizarres, mais laisse la personne ainsi entravée totalement offerte et à votre merci. L'image de la soumission est parfaite, et le premier plaisir est d'ordre visuel. Et même avec les pieds et les mains liés, la volupté finale peut aussi se révéler explosive !

… ET LA MANIÈRE

Voilà une position facile à mettre en œuvre pour qui possède un grand lit, doté d'une tête et d'un pied. Mais si votre salle de jeux érotiques est encore en construction, il suffit de quelques adaptations pour faire vibrer votre chambre à coucher. Par exemple, achetez des poignées de tiroir bon marché, ou quatre crochets fermés, et fixez-les au mur aux endroits propices derrière le lit (ou au cadre du lit s'il existe). Même si de petits crochets ne devraient pas trop se voir (tout dépend de l'endroit où vous les installez), vous redoutez peut-être d'être découvert. Auquel cas, redoublez de discrétion : investissez dans une paire de draps « spécial bondage », avec des points d'attache intégrés. Autre solution : passer deux longueurs de corde ou d'élastique sous votre matelas et fixez-y des crochets. Avec un peu de créativité, vous trouverez forcément la solution adaptée à votre situation.

Reste maintenant à passer à l'attache aux quatre coins du lit. Les mains et les chevilles sont liées séparément, les bras en croix et les jambes écartées. Si c'est votre tour, vérifiez que vous êtes à l'aise et confortablement installé(e) : vous êtes dans cette position pour un moment ! Le fait d'être physiquement réduit à l'impuissance peut se révéler terriblement excitant. Mais même entravé comme vous l'êtes, vous gardez une forme de maîtrise du jeu par la parole. C'est d'autant plus plaisant que vous êtes obligé de penser à ce que vous voulez qu'on vous fasse, et où, et de le formuler ensuite. C'est un peu difficile au début, mais une fois que vous êtes à l'aise avec l'exercice, libre à vous d'en changer les règles et de laisser votre partenaire trouver tout seul ce qui va vous rendre fou (folle).

Au salon ou à la cuisine ?

L'ART…

Faire l'amour attaché au lit est bien excitant, mais c'est toujours… faire l'amour au lit. Or, dans une maison, il y a tellement d'autres meubles où s'arrimer ! Chaises et fauteuils sont faits pour ça, et vous sortirez de l'expérience avec des sensations inédites. Avantage : celui ou celle dont c'est le tour d'être à l'attache est bien assis, avec une vue imprenable sur ce qui se passe.

… ET LA MANIÈRE

Il existe plusieurs façons de lier quelqu'un sur une chaise ou un fauteuil. Tout dépend de la forme du siège en question. Les chaises de cuisine, par exemple, ont des lattes ou des barreaux accueillants aux liens. Autre bon point : elles sont souvent solides, en bois massif ou en plastique, et toujours lavables et faciles à nettoyer après… Si vous optez pour un siège avec accoudoirs, les avant-bras et les poignets de votre partenaire pourront s'y appuyer. Inconvénient : cette installation vous donne un accès et une liberté de mouvement trop limités à votre goût. Sur un siège sans accoudoirs, les poignets peuvent être attachés derrière ou sur le côté du dossier. Pour les chevilles, c'est facile : elles seront liées ensemble ou aux pieds de la chaise ou du fauteuil, les genoux serrés ou largement écartés, selon ce que vous avez en tête. Si vous vous lancez dans un jeu de bondage sur une chaise, vérifiez qu'elle repose sur une surface stable et ne risque pas de basculer pendant vos ébats.

Comme il est assis, votre partenaire est en position de spectateur privilégié : exploitez cette situation à votre avantage, et en avant pour le show ! Vous avez un public captif, profitez-en ! Enfilez ce que vous avez de plus sexy et lancez-vous dans un numéro de lap dance ou de striptease. Vous verrez comme c'est jouissif de savoir qu'il regarde sans pouvoir toucher. Profitez-en pour lui décrire ce que vous allez lui faire (contrairement au jeu précédent, où vous vouliez le surprendre par des caresses inattendues) : annoncez-lui que vous allez le toucher là, là, et là, parce que tel est votre bon plaisir.

L'inconvénient d'attacher sur une chaise est que cela restreint sérieusement l'accès aux zones les plus intimes, surtout si le partenaire assis est de sexe féminin. Il est possible d'y remédier en limitant le passage sur la chaise aux seuls préliminaires pour actionner ensuite le bouton du siège éjectable (en défaisant les nœuds...), à moins que vous ne soyez champions de créativité et de souplesse. Si le partenaire assis est un homme, c'est plus simple. Soit vous opterez pour un pompier à le rendre fou et il sera aux premières loges. Soit le siège est assez solide, et vous le rejoindrez à bord pour une séance de « love chair » endiablée.

"Le seul moyen
de se débarrasser
d'une tentation
est d'y céder."

Oscar Wilde
Le Portrait de Dorian Gray

À GENOUX !

L'ART…

Dans le bondage, tout est affaire de pouvoir et de contrôle. Rien de mieux, alors, pour explorer les ficelles du jeu que d'associer ligotage et mise à genoux ? Nous sommes là dans la soumission à l'état pur. L'exercice a donc de fortes chances de s'avérer des plus excitants pour chacun des participants. L'attaché, volontairement réduit à l'impuissance, est livré au pouvoir discrétionnaire, mais néanmoins éclairé, du dominant qui a tout loisir de jouir de ses prérogatives.

… ET LA MANIÈRE

Il y a mille façons d'attacher un partenaire à genoux. Rassurez-vous, pas besoin de faire des nœuds partout. Contentez-vous de lier les poignets de votre compagnon de jeu comme décrit précédemment. Obligez-le à s'agenouiller ou indiquez-lui du geste et de la voix ce que vous voulez qu'il fasse. Vous êtes le dominant, il est le dominé (inversez les genres et les rôles selon les goûts), quoi de plus sexy qu'une telle démonstration de force ? Mais si vous avez une envie de bondage intégral, essayez cette variante du *hogtie*, une figure particulière dont je parle plus loin. Pour cet exercice, prenez un partenaire consentant, faites-le agenouiller confortablement, les bras le long du corps, et attachez-lui chaque poignet à la cheville correspondante. Laissez assez de corde pour que la posture soit tenable, mais sans pour autant qu'il puisse bouger les mains. Attention, dans ce genre de position, on perd facilement l'équilibre, et avec les poignets liés, on ne peut pas se rattraper. Alors, prêtez-lui une main secourable et ne le quittez pas des yeux.

Il est d'ailleurs bien agréable de contempler l'objet de son désir à genoux et, qui plus est, à la bonne hauteur pour des gâteries orales ! Si le rapprochement entre partenaire debout et agenouillé se révèle un peu compliqué, essayez avec des chaises ou assis au bord du lit. Débrouillez-vous comme vous voulez pour que l'exercice garde son double intérêt : une position commode et une vision… torride.

Nœuds fantaisie

L'ART…

Si les cordes vous font vibrer, vous allez être servi, car il existe un nombre presque infini de manières d'attacher et de se faire attacher. Il suffit d'avoir assez de ficelle et un cobaye consentant. Le bondage se décline en entrelacements qui déterminent des postures et des jeux différents. Mais le plaisir réside toujours dans la mise en scène et l'expression du pouvoir. Plus le travail de nouage est sophistiqué, plus le potentiel hot monte en flèche. Le dominant exerce un pouvoir accru et le dominé est davantage contraint, voire réduit à l'immobilité quasi totale. Un bondage d'artiste est une œuvre en soi, mais une œuvre fort émoustillante, ce qui en multiplie les attraits. Ces tours de corde appellent les mêmes recommandations que précédemment. Réfléchissez et anticipez, et ne laissez jamais seul un partenaire ligoté. Quand le corps entier est pris dans des liens, il ne s'agit plus de fantaisies de débutant, mais de pratiques à risques. Toutefois, si vous respectez certaines précautions, ces exercices torrides ont tout pour pimenter au plus haut point vos séances sexe.

… ET LA MANIÈRE

Hogtie

Vous avez probablement déjà croisé ce terme, que les amateurs ne traduisent pas et qui, en bon anglais, désigne une technique consistant à lier en bouquet les quatre pattes du porc (*hog*, « porc » et *tie*, « ficeler ») ! En français, l'expression « pieds et poings liés » en serait la traduction respectable. Effectivement, dans le cas présent, on attache ensemble poignets et chevilles qu'on relie, par-devant ou par-derrière, avec un autre lien. Ainsi ficelé, le partenaire est incapable de bouger. Entravez d'abord séparément les poignets et les chevilles ; ensuite, passez une corde entre les chevilles et les poignets (ou réunissez-les autrement), tirez pour rapprocher les pieds des mains et ajustez la corde à la distance voulue, mais sans faire mal. Il ne vous reste plus qu'à admirer votre travail, un joli paquet-cadeau bien enrubanné ! Évidemment, la position ne se prête guère à une pénétration classique, mais elle convient tout à fait aux préliminaires ou au jeu de rôle dominant-dominé.

Frogtie

Imaginez une grenouille accroupie, pattes arrière repliées. Parfait, vous avez saisi l'idée. Cette variante plus utilitaire du *hogtie* donne accès aux parties très intimes du partenaire. Elle autorise les jeux de bouche et de langue ainsi que l'usage de sex toys et quantité d'autres activités plaisantes. On peut réaliser cet exercice de plusieurs manières. Le technicien raffiné enroulera la corde de la cheville au mollet et l'attachera juste en haut de la cuisse, les genoux du sujet sont alors complètement pliés (comme ceux du batracien !) et il est incapable de remuer. L'amateur de simplicité liera chaque poignet à la cheville correspondante. La position est plus confortable et le ligoté peut bouger un tantinet. Autre avantage non négligeable : la figure est plus facile à réaliser. Un des intérêts de cette technique vient de ce qu'elle permet différents positionnements de l'assujetti : allongé sur le dos les bras le long du corps, les chevilles tirées en arrière et les cuisses écartées, ou assis appuyé contre la tête de lit.

La figure appelée *leapfrog* est une variante du *hogtie*, mais en plus corsée (toujours la grenouille, mais prête à sauter !), le partenaire étant allongé à plat ventre. Cette posture, qui exerce une forte traction sur le cou et les épaules, peut vite devenir difficile à supporter et ne doit pas se prolonger trop longtemps. Pour ce faire, le sujet s'agenouille sur le lit (si vous n'êtes pas dans la chambre, assurez-vous que le plan de travail est suffisamment moelleux ou ça va faire mal). Tirez les bras en arrière entre les jambes et attachez chaque poignet à la cheville correspondante. Quand c'est fait, couchez-le sur le ventre, les fesses en l'air. La position se prête parfaitement aux corrections sexy ou aux incursions par-derrière, quant à la vue, elle est tout bonnement torride !

Ball-tie

L'expression parle d'elle-même, et ce ligotage, simple à réaliser, permet de profiter de bon nombre de postures sexuelles. Étonnant qu'il ne soit pas plus connu ! Allongé à plat dos sur le lit, ramenez les jambes pliées sur la poitrine et rentrez la tête dans les genoux. Encerclez les genoux avec les bras et demandez à votre partenaire de vous attacher les poignets. Et voilà ! Un seul nœud vous transforme en balle sexy offerte à toutes les raquettes, petite polissonne (le masculin est tout aussi valable) ! Cette position expose à l'envi arrière-train et parties intimes. Idéal pour une séance de fessée.

QUELQUES OPTIONS SUPPLÉMENTAIRES

Maintenant que vous connaissez les ficelles du métier, vous pouvez laisser libre cours à votre imagination et utiliser d'autres types de liens non moins émoustillants. Si vos vieux trucs commencent à montrer la corde, n'hésitez pas à vous renouveler…

Cuir

Les systèmes d'attache en cuir sont à la fois confortables et solides. Ils luisent d'un bel éclat et sentent le travail bien fait. Dans les jeux de bondage, les accessoires sont des cartes maîtresses, car ils aident à entrer dans la peau du rôle. Pensez-y, le cuir au lit c'est l'atout hot par excellence !

Le matériel de base comprend menottes, colliers et d'autres frivolités plus banales comme les corsets et bustiers. Toutes ces petites choses s'avèrent fort utiles dans la mesure où elles sont souvent pourvues d'attaches permettant de les fixer à d'autres éléments. Mais le vrai plus du cuir, c'est son look : il est tout simplement sexy. Pour les végétariens purs et durs, aficionados de cette matière, sachez qu'on trouve sur le net toutes sortes d'ustensiles en faux cuir très chics.

Métal

Le métal est costaud et pratique. Chaînes ou menottes sont pourvues de systèmes de fermeture permettant de les fixer et de les détacher facilement. En revanche, ces liens sont moins souples et moins confortables que d'autres, et ils peuvent laisser des marques si votre « prisonnier » tire sur ses entraves. Alors, pensez-y quand vous concoctez vos petites mises en scène.

Le matériel est assez simple. On trouve les habituelles menottes pour les poignets et les chevilles, ainsi que d'originales poucettes... pour les pouces. Ces mêmes objets existent en version rembourrée, en fourrure ou tissu, pour un meilleur confort. Et si vous aimez les jeux plus corsés, il existe des barres d'extension et autres carcans pour chevilles et bras. Le métal, comme le cuir, séduit par son allure. Les accessoires métalliques sont rigides, froids et contraignants, ce qui les rend parfaitement adaptés à des ébats plus musclés.

Corde

Il existe une quantité infinie de cordes destinées aux jeux de bondage et bien plus encore qui ne sont pas prévues pour cet usage. Ces articles se trouvent dans la plupart des magasins de bricolage (si vous devez en demander, dites simplement que vous voulez fabriquer une balançoire en pneu ou autre chose du même genre – en supposant que vous préfériez laisser ce livre chez vous). Choisissez une corde qui ne blesse pas la peau et qui ne glisse pas. Le coton, le Nylon ou le chanvre sont de bons matériaux. Si vous recherchez quelque chose de plus rude, pensez au sisal ou toute fibre de nature approchante. Pendant que vous êtes au rayon bricolage, achetez donc des pitons ou un système d'ancrage que vous fixerez au lit pour réaliser quelques ligotages fun.

Autres accessoires

Si vous voulez vraiment vous lancer dans le bondage, vous trouverez tout ce qu'il faut et même plus dans les sex-shops en ligne. Évidemment, vous pouvez vous contenter d'accessoires maison, mais vous travaillerez mieux avec du bon matériel. Si vous ne devez acheter que deux choses, prenez du ruban adhésif spécial bondage et des attaches en Velcro.

Les entraves munies de Velcro sont aussi faciles à mettre que leurs équivalents en cuir ou en métal, mais bien plus confortables. Elles permettent d'ailleurs d'expérimenter des positions impraticables autrement. Il en existe pour les poignets et les chevilles, qui s'attachent comme des menottes, et d'autres destinées aux figures façon *hogtie*.

Le ruban adhésif est un must ; il est spécialement conçu pour s'appliquer sur la peau, et c'est le seul qu'il faut utiliser pour les jeux BDSM. Les autres adhésifs, renforcés ou non, peuvent se révéler difficiles à retirer sans dommage. Cette petite merveille sert aussi bien de lien que de bâillon ou de tout ce que vous voulez, ou presque.

Chapitre 4

Allume-moi !

"Que je puisse
la contempler
et sentir sa présence
qui, comme une musique,
comme une poésie,
berce mon âme."

Leopold von
Sacher-Masoch
La Vénus à la fourrure

"Quand je vois
une jolie paire de chevilles
en bas de soie,
je meurs d'envie
de regarder plus haut..."

Anonyme
Mémoires
de Miss Coote

La vue, l'ouïe, l'odorat, le goût et le toucher – nous utilisons tous les jours nos cinq sens pour explorer le monde environnant. Qu'on en supprime un ou plusieurs ou qu'on les altère et notre appréhension des choses s'en trouve chamboulée, y compris celle du sexe ! Ce chapitre est tout entier consacré à la manipulation des sens. Vous allez y apprendre des pratiques aussi sexy qu'ébouriffantes. Dans ces jeux, toute l'attention se concentre sur la perception et le ressenti. Jouir les yeux bandés ou avec des écouteurs sur les oreilles, découvrir les plaisirs piquants de la glace ou de la cire chaude, tester les boules de geisha, autant de pratiques fun ou plus spéciales dont vous allez découvrir le b.a.-ba dans ces pages !

Bander... les yeux !

L'ART...

Pimenter vos ébats en vous faisant bander les yeux, c'est simple, mais efficace ! En n'y voyant goutte, impossible de se laisser distraire par la pile de linge à repasser ou par l'heure qu'indique le réveil. Une seule chose compte : se concentrer sur le plaisir de l'instant présent. Autre avantage : quand on est privé d'un sens, les autres se renforcent. Si vous vous baladez dans le noir, vous êtes obligé de vous concentrer sur votre environnement et de tâtonner pour repérer d'éventuels obstacles. Vous connaissez parfaitement la pièce, et pourtant, l'obscurité change votre perception de l'espace. C'est pareil pour le sexe en aveugle. L'élément de surprise joue à plein puisqu'on ne sait ni où ni quand l'autre va nous toucher. C'est simple, mais le résultat est stupéfiant.

… ET LA MANIÈRE

Un bandeau, ce n'est pas difficile à trouver. Un foulard, un morceau de tissu, un T-shirt ou un masque de sommeil, et le tour est joué. Il faut simplement que la chose soit confortable et tienne en place pendant toute la durée des festivités. Quand vous avez déniché l'accessoire idéal, ajustez-le devant les yeux de votre partenaire. L'objet doit être doux et agréable à porter, évitez le truc qui étouffe.

Une fois dans le noir, votre compagnon de jeu s'allonge, livré à votre merci. Privé de la vue, il n'en est que plus sensible à vos attouchements, alors profitez-en ! Titillez-le en effleurant à l'improviste diverses portions de son anatomie, insistez sur les zones érogènes, le cou, les oreilles, les tétons et les parties génitales, bien sûr. Procédez par touches légères et douces : votre cobaye ne peut prévoir où vont se poser vos doigts ou vos lèvres, tout le plaisir est là. Vous êtes occupé à faire monter la pression, c'est une chose, mais n'oubliez pas pour autant d'observer votre partenaire, surveillez ses réactions. Vous avez une bouche, alors utilisez-la pour attiser le feu : déposez un chapelet de baisers sur son ventre, sucez doucement le lobe de son oreille, soufflez un filet d'air frais dans son cou. La lave bouillonne, le volcan va exploser, c'est le moment idéal pour retirer le bandeau ou… pour continuer votre chevauchée en laissant votre monture dans le noir !

Et avec les oreilles ?

L'ART…

Si la musique et le sexe vont de pair comme le vin et le fromage (ou comme le vin et le sexe), l'exercice suivant peut donner un fameux coup de pouce à ce tandem. Pour le pratiquer, vous aurez besoin d'une paire d'écouteurs et d'une playlist soigneusement choisie pour bloquer les bruits extérieurs. L'expérience joue sur la privation sensorielle et sur le pouvoir du rythme. Si vous combinez musique et bandeau sur les yeux, attendez-vous à cinquante nuances de plaisir orgasmique avec un P majuscule.

… ET LA MANIÈRE

En premier lieu, choisissez la musique que vont diffuser les écouteurs. Il faut qu'elle corresponde à l'ambiance recherchée. L'activité exige des mélodies lentes et sensuelles et une pulsation rapide qui prend aux tripes. C'est ce fichu tempo qui compte ! Une fois réglée la partie artistique et technique, lancez-vous. Ajustez le bandeau sur les yeux du monsieur (voir plus haut), harnachez ses oreilles et en avant la zizique ! Passez le même morceau en boucle ou jouez votre playlist, l'important c'est que le sujet soit pratiquement coupé du monde et complètement concentré sur vos caresses. Procédez comme pour l'exercice précédent. Cette fois, il est tout à vous et un simple contact peut éveiller un fameux écho. Du bout des doigts, effleurez sa poitrine, enfoncez vos ongles, mais sans laisser de marques. Embrassez ou sucez certaines parties sensibles de son anatomie, comme l'aine, et ponctuez votre parcours-surprise d'un rapide coup de langue enrobant sur son gland d'amour. Le rythme va crescendo et vous aussi. Le moment est venu d'enfourcher votre monture et d'introduire l'objet du désir dans votre intimité. Ondulez des hanches en gardant le tempo, poursuivez caresses et effleurements jusqu'aux ultimes mesures et à l'explosion finale.

Pour le bis, n'oubliez pas d'inverser les rôles !

Playlist pour moments chauds

Voici quelques suggestions particulièrement adaptées à ces « sexcapades » sensorielles. Si aucune ne vous fait grimper aux rideaux, cherchez d'autres stimulations sonores : tic-tac d'un métronome, musique classique ou morceau aux basses pulsantes.

Madonna, *Justify My Love*
Bruce Springsteen, *I'm on Fire*
TLC, *Red Light Special*
Boys II Men, *I'll Make Love to You*
Katy Perry, *Dressing Up*
Foo Fighters, *Everlong*
Janet Jackson, *The Velvet Rope*
Nine Inch Nails, *Closer*
Aaliyah, *Rock the Boat*
The Cars, *Who's Gonna Drive You Home*
Garbage, *#1 Crush*
The Black Keys, *The Only One*
Next, *To Close*
Deftones, *Passenger*
Usher, *Love in this Club*
Marvin Gaye, *Let's Get it On*
Barry White, *Can't get Enough of Your Love*

FAIS-MOI RELUIRE : CHIFFONS ET PLUMES

L'ART…

Il existe mille autres manières d'exciter les sens. Pensez au jeu des matières ! Frotter, caresser ou effleurer la peau avec des étoffes ou autres textures est souvent source de sensations inédites. Avec un peu de pratique et beaucoup de raffinement, l'esprit coquin choisira la matière qui fait tilt pour susciter la réponse idoine chez son cobaye. Cette approche fonctionne encore mieux si le sujet est privé de l'usage de certains de ses sens.

… ET LA MANIÈRE

Rassemblez un petit assortiment d'accessoires composés de matières diverses. Parmi les grands classiques, la soie, la fourrure et les plumes (seules ou sur un plumeau) font figure de favoris, mais le moelleux et la douceur de la laine ou du coton ont aussi leurs adeptes. Caressez doucement les zones érogènes de votre partenaire. Allumez-le : du bout d'une plume ou d'un foulard de soie, effleurez-lui le torse, dessinez des arabesques sur son abdomen.

Les matières moins câlines ne sont pas interdites pour susciter d'autres types de sensations. Utilisez des

"Ma langue est brisée,
et soudain un feu
subtil court sous
ma peau,
mes yeux ne voient plus,
mes oreilles
bourdonnent..."

Sapho

gants en cuir ou en laine pour caresser ses tétons ou sa joue, ou simplement pour lui saisir le bras. Essayez avec du jean, du tissu éponge ou du tricot, et voyez ce qui fait monter la température.

Et que dire des brosses ? Ce sont des instruments géniaux et vous en avez sûrement une collection chez vous. Alors, pensez aux brosses à cheveux, mais aussi aux brosses à dents et même aux pinceaux brosses… Tout est bon pour tester les points sensibles de votre chéri(e).

BOMBE GLACÉE

L'ART…

La glace est dotée d'un fort potentiel sexy. Quand la température monte, le froid crée un choc. Rien de tel qu'un filet d'eau glacée le long de la colonne vertébrale pour faire frissonner sous la brûlure. Eau glacée, glaçon brûlant : ces contrastes piquants réveillent les sens ! La glace peut stimuler les points sensibles de votre anatomie ou rafraîchir la bouche en vue de gâteries revigorantes. Le contact entre des corps échauffés par des ébats hot et un cube d'eau congelée se révèle souvent explosif.

… ET LA MANIÈRE

En premier lieu, prenez un glaçon. Un conseil, passez-le sous l'eau en le sortant du congélateur pour éviter qu'il colle à la peau. En second lieu, faites allonger votre partenaire et, en même temps, introduisez le cube de glace dans… votre bouche. Passez vos lèvres fraîches sur sa poitrine, son ventre, son pénis et avalez l'engin (le pénis, pas le glaçon !). C'est le sexy choc thermique assuré. Quand votre bouche est réchauffée, laissez glisser l'objet au-dehors et soufflez une légère brise pour un dernier frisson. Maintenant que votre amoureux est bien chaud, rafraîchissez-le en lui promenant un glaçon sur la peau. Concentrez-vous sur les zones érogènes : intérieur des poignets, derrière les oreilles et même les pieds. Mais ne vous attardez pas trop : la sensation doit rester fugitive et excitante. En faisant du surplace, vous risquez de geler votre homme au lieu de l'enflammer de désir ! Des lèvres, suivez l'itinéraire du glaçon sur son corps. Semez baisers et coups de langue pour réchauffer la piste givrée.

Mais il n'y a pas que les petits cubes de glace ! Remplissez d'eau une paille d'un bon diamètre ; après un passage au freezer, elle se transformera en une très excitante baguette pour le faire marcher au pas. Enfin, pour renouveler le coup du pic à glace, pensez au godemiché en glace ! Versez de l'eau dans un préservatif et placez le tout au congélateur (avec un rouleau de papier toilette ou autre comme support).

Et voilà un phallus de substitution qui vous fera tous les deux frissonner de plaisir !

Cire chaude et plaisir brûlant

L'ART…

Laisser couler goutte à goutte de la cire chaude sur la peau : à elle seule, l'image est hot et sulfureuse. Comme dans le cas des jeux de glace, tout le plaisir vient de la nouveauté excitante de la sensation et du choc thermique. Jouer avec le feu peut être dangereux, alors soyez prudent. Si la cire est chaude, c'est pour mieux brûler vos sens… pas votre peau.

… ET LA MANIÈRE

La plupart des sex-shops proposent des bougies réservées à cet usage un peu spécial. Certaines sont même conçues pour fondre à une température moins élevée. Achetez-les, de préférence, en paraffine végétale avec mèche en coton ; évitez la cire d'abeille qui fond à haute température et les fantaisies parfumées ou colorées qui peuvent contenir des produits chimiques irritants. Pensez à la bougie d'anniversaire (pour faire la fête !) : la quantité de paraffine est moindre, ce qui la rend plus facile à utiliser, surtout pour un débutant. Avec la cire, mieux vaut y aller doucement et habituer progressivement le corps à la chaleur. Pour commencer, laissez brûler un peu la bougie pour obtenir une petite flaque de cire fondue. Trempez-y le bout du doigt plusieurs fois de suite pour bien l'enrober. Passez lentement le doigt sur la peau de votre partenaire en traçant quelques figures de fantaisie. Cette technique douce peut s'utiliser sur les parties les plus sensibles de l'anatomie, tels les mamelons, une fois que l'être cher est accoutumé à la température et à la sensation.

Ne passez à l'étape suivante que quand vous maîtrisez parfaitement les phases précédentes.

Faites d'abord goutter un peu de cire chaude dans la main de votre partenaire. Si Madame ou Monsieur apprécie, versez-en un peu sur ses cuisses, ses jambes, son dos ou ses fesses. Variez les plaisirs en laissant tomber la cire de plus haut ou de plus bas, ou en soufflant légèrement dessus pour la refroidir. Plus la cire tombe de haut, moins elle est chaude à l'arrivée, ce qui permet d'éviter les brûlures. Il n'est pas interdit, non plus, de retirer immédiatement la pellicule figée et de vous servir de votre bouche pour calmer le feu. Les solutions ne manquent pas, et jouer donne de l'imagination. Mais souvenez-vous que si le plaisir est brûlant, la cire est chaude !

"Dans ce jardin,
j'attends,
du brûlant midi
jusqu'au crépuscule,
le glissement léger
de tes pas."

Sapho

"L'homme fera donc
tout ce qui sera le plus
agréable à la jeune fille,
et lui procurera tout ce
qu'elle peut désirer posséder.
Il lui donnera des jouets
que la plupart de
ses compagnes
ne connaîtront pas.
Il pourra aussi lui faire voir
une boule revêtue de
diverses couleurs et d'autres
curiosités de même sorte."

Vatsyayana, *Kama-sutra*

Boules de geisha

L'ART…

Boules de geisha, de Vénus ou, pour aller droit au but, boules à orgasme, cet accessoire existe depuis des lustres et sous bien des noms. On en trouve dans tous les magasins proposant des sex toys un peu chics ou sur Internet. L'objet se compose de deux petites sphères lestées de poids, généralement reliées par un cordon, qui s'insèrent dans le vagin. On les utilise pour le sport et le plaisir. Tout l'intérêt réside dans les contractions du muscle pubo-coccygien que vous devez effectuer pour les empêcher de descendre. Ces mouvements renforcent le périnée au même titre que les exercices de Kegel. Mais ce n'est pas pour cette raison que vous devez courir en acheter ! Grâce à leur forme et à leur poids, ces boules bougent et roulent en procurant des sensations incongrues et fort excitantes. Tout mouvement intensifiant le plaisir, ces joujoux discrets peuvent donc accompagner la plupart des déplacements… avec plus d'un moment troublant à la clé.

… ET LA MANIÈRE

Premier geste : enduire les boules de lubrifiant pour sex toy ou de salive. Ensuite, vous Madame, ou votre partenaire, allez les insérer doucement et avec précaution dans le vagin. Après quoi, il ne vous reste plus qu'à vous lever et à marcher pour juger de l'effet. Une fois que les boules sont bien en place, essayez de les porter chez vous pour vaquer à vos occupations ménagères ou même pour aller dehors. Quoi de plus excitant que de sortir les jeux coquins de la chambre ?

Il existe quantité d'exercices à pratiquer, seule ou à deux, qui vous permettront de tirer des sensations intéressantes de ces petites merveilles. À chaque déplacement ou presque, les sphères remuent en procurant un plaisir… électrisant et toujours renouvelé. Essayez-les dans des activités un peu rock, postures sexe qui balancent, fessée ou même avec un vibromasseur ! Ces boules sont source de bien des voluptés, alors testez-les et soyez ouverte à tout.

Mords-moi !

L'ART…

La morsure est un bon exercice pour les débutants – on n'a pas besoin de matériel et c'est une excellente manière de faire mal, mais pas trop ! Mordre nous ramène au côté primitif du sexe. C'est aussi une marque de passion – l'acte et les traces qu'elle laisse.

... ET LA MANIÈRE

Toute morsure sensuelle commence par des baisers. Quand la pression est montée d'un ou plusieurs crans, mordillez doucement les lèvres de votre cobaye préféré, son menton et progressez systématiquement de haut en bas. Vous n'avez qu'une envie, dévorer ce succulent morceau ! Concentrez-vous sur les zones érogènes, pincez (légèrement !) son cou, ses oreilles, le bas du ventre et même ses délicates parties intimes. Mais ne passez pas trop de temps au même endroit – mordiller c'est croustillant, mâchouiller c'est lassant.

SORTIR DE LA ROUTINE : LES JOIES DU PLEIN AIR

L'ART...

Quand on fait joujou avec les sens, rien n'est interdit, et en matière de sexe, les expériences enrichissantes ne manquent pas. Sortir de la routine est un excellent moyen de pimenter les galipettes. Que faire quand on a exploité presque toutes les surfaces planes de la maison pour jouer à la bête à deux dos avec les yeux bandés ? Aller dehors !

… ET LA MANIÈRE

Pour mettre cette idée à exécution, encore faut-il trouver l'endroit adéquat et ce n'est pas le plus facile. S'envoyer en l'air dans une cabine téléphonique ou en pleine rue peut paraître excitant, mais se faire arrêter pour outrage sur la voie publique, c'est contrariant. Alors, où aller pour éprouver ce voluptueux danger qui fera battre plus fort notre petit cœur ? Dans un lieu presque public. Si vous êtes l'heureux propriétaire d'un jardin clos entouré de voisins pas trop curieux, profitez-en ! Sinon, il va falloir faire preuve d'imagination. Une fois que vous aurez déniché votre coin de paradis, étalez une couverture et mettez-vous au boulot. Tout en besognant, humez l'odeur de l'herbe, écoutez le chant des oiseaux, sentez la douce brise sur votre peau. Un nouvel environnement et le risque (même minime) de se faire surprendre en pleine action augmentent d'autant les chances d'atteindre l'extase.

Chapitre 5

La soumission

"La pauvre Louisa,
cependant, supportait
tout cela mieux
qu'on ne pouvait s'y attendre ;
et quoiqu'elle souffrît,
sans aucun doute,
et grandement,
toutefois, fidèle quand
même à la bonne vieille cause,
elle souffrit avec plaisir
et jouissait de sa douleur."

John Cleland
Mémoires de Fanny Hill,
femme de plaisir

"Je la dépouillai
de sa tunique dont le
tissu léger ne me cachait
aucun de ses appâts.
Corinne toutefois,
faisait pour la garder
quelque résistance (…),
mais elle consentit
bientôt sans peine
à être vaincue."

Ovide
Les Amours (Livre I, chant V)

Introduction
Se soumettre sans se démettre

Petite précision : même si nous employons le masculin par souci de commodité, il va sans dire que le dominant peut être une dominatrice et le soumis une soumise.

Pour un observateur non averti, la place de soumis a tout de la mauvaise pioche. Dans une relation de type BDSM, le dominé, ou *bottom* pour les Anglo-saxons (ce terme qui signifie « dessous » s'emploie aussi parfois en français), doit obéir, accepter tous les rôles et subir toutes les punitions décidées par son partenaire. Le jeu peut même franchir les frontières de la chambre. Le soumis est l'« esclave » consentant d'un maître qui dispose de lui dans des limites définies au préalable. Si le divertissement vous paraît un peu « extrême », goûtez à sa version light en vous faisant maintenir à mains nues ou attacher.

Dominant et soumis, la relation a de quoi inquiéter, surtout quand on y joue le second rôle. C'est une erreur ! En réalité, la soumission volontaire est des plus sexy. Pourquoi ? Parce que notre corps est programmé pour. Et puis, dans une société qui privilégie la compétitivité et l'effort, s'allonger et se laisser faire a quelque chose d'assez voluptueux. Le chapitre qui suit explore les méandres du plaisir assaisonné d'un zeste de douleur. Vous y découvrirez un secret jusqu'alors bien gardé : ce n'est pas parce qu'on se soumet qu'on n'a rien à dire. Pour tous ceux qui ont du mal à obéir, voici quelques recommandations sur la conduite à tenir quand on se fait ficeler, fesser ou dominer. Alors, ne passez pas à côté d'un plaisir rare, soumettez-vous !

La soumission, c'est hot
Le plaisir dans la douleur

L'EXTASE À PORTÉE DE MAIN

En tant que soumis, sachez qu'au cours d'une séance un tantinet corsée, votre dominant peut exiger toute sorte de choses. Vous devez les accepter, qu'il s'agisse de tâter de la fessée au battoir clouté (avec les têtes, pas les pointes !), des nœuds plus ou moins marins, ou des délices de la chandelle chaude. Si vous n'avez jamais testé ces spécialités, la peur de souffrir peut vous arrêter. Heureusement, le corps est doté de défenses naturelles qui lui permettent de métamorphoser ces petites douleurs en grands plaisirs.

Chaque fois que vous avez mal, coup sur le gros orteil, coupure au doigt ou coquine correction de votre amoureux, votre cerveau libère des endorphines. Ces hormones, dont la structure moléculaire est proche des opiacés, ont pour effet de minimiser l'impact de la douleur. Elles suscitent un sentiment d'euphorie et réduisent le niveau de stress en agissant un peu comme des drogues de type morphine ou codéine (sans les fâcheux à-côtés de la dépendance). Pour les sportifs, c'est « l'hormone du bonheur ». À la suite d'un effort prolongé, leur cerveau sécrète cette substance qui fait oublier l'épuisement physique. Pensez à cette récompense de dame nature quand vous suez en salle de gym. Certains aliments auraient le même effet sur l'organisme ! On connaît évidemment le chocolat, mais c'est aussi le cas des piments. Voilà pourquoi d'aucuns ne jurent que par les nourritures épicées. Elles arrachent le palais, mais le corps produit simultanément des endorphines qui apaisent et excitent. Rien d'étonnant à ce qu'on en redemande !

Recevoir une petite punition, c'est comme mâcher un piment : ça brûle et ça pique, au début on est un peu nerveux, mais l'organisme compense rapidement. Imaginez toutes ces endorphines que votre corps doit sécréter au cours d'une séance de fessée sexy, il y en a plus qu'assez pour vous propulser au septième ciel !

CE QU'EN DIT LA MÉDECINE

La soumission est un acte particulièrement cathartique qui soulage tension et nervosité. Elle permet même d'alléger le sentiment de culpabilité. Nous avons tendance à nous laisser facilement envahir par le stress, la faute aux problèmes professionnels, familiaux, financiers ou autres. Certains compensent en pratiquant du cardio-training, du yoga ou la gestion compulsive de leur compte bancaire en ligne, d'autres choisissent l'option « baise-moi et fais-moi mal ».

Un des aspects ultra-positifs de la soumission consentie réside dans la résolution des tensions accumulées. D'aucuns prétendent que ce serait un moyen phénoménal de régler les conflits sur l'oreiller. Certes, le côté « je t'aime et rien ne peut nous séparer » compte. Mais dans un couple, si l'un exaspère l'autre, transférer sa frustration dans une partie de jambes en l'air brutale et torride a parfois du bon. Grâce à ces ébats musclés, la relation se renforce et la pression se relâche ! Les petites séances de soumission ont un autre intérêt : c'est une manière originale de tester nos propres limites. Découvrir jusqu'à quel point on supporte de se faire tirer les cheveux, mordre les lèvres ou fesser l'arrière-train a quelque chose de libérateur. Se débattre sous la poigne de son partenaire pour obtenir ce qu'on veut rend la gratification plus jouissive.

Le BDSM le plus intense est une activité physique violente, mais c'est un bon moyen pour occuper le corps et le délivrer des tensions accumulées. Si ces exercices « extrêmes » laissent des traces, ce n'est pas gênant, bien au contraire. Tout comme les suçons pour les ados, ces marques sont des souvenirs inscrits dans la chair. Une empreinte de main bien rouge sur vos fesses ou des meurtrissures à l'emplacement des liens sont autant de petits trophées coquins qui vous rappelleront vos sexcapades pendant les heures ou les jours suivants.

ÊTRE EN DESSOUS, C'EST TOP

Dans la société actuelle, la docilité n'a pas bonne presse, surtout auprès des femmes qui travaillent. La soumission sexuelle serait un retour à avant le féminisme et entraverait réussite et réalisation de soi ? Pas si sûr ! Aujourd'hui, les femmes subviennent de plus en plus aux besoins de leur famille et plus de la moitié des étudiants de niveau supérieur sont des étudiantes. Dans la plupart des cas, tout ce que les hommes et les femmes cherchent à dominer, c'est le timing pour réaliser leurs objectifs : acheter une maison, avoir deux enfants et demi et un golden retriever. Quant aux cadres supérieurs accablés de responsabilités, la majeure partie d'entre eux n'a d'autre ambition que de lézarder sur une plage en se tournant les pouces – un fantasme assez proche de la soumission. Se laisser dominer sexuellement permet – qu'on soit homme ou femme – de renoncer temporairement aux choix difficiles et à l’exercice de l’autorité. Il est question de plaisirs peu conventionnels prodigués par une personne à qui on fait confiance.

La soumission stimule la sexualité et s’accompagne d’une fonction thérapeutique. Comme le jeu de rôle, elle autorise la réalisation de fantasmes dont il serait impossible de faire l’expérience autrement. Pour le dire tout net : les hommes et les femmes de pouvoir aiment être dominés. Traditionnellement, l’homme est perçu comme un costaud, débrouillard, qui rapporte le bifstek à la maison, et la femme, comme une douce et charmante créature, qui s’occupe de sa famille. Mais l’image d’Épinal a vécu : aujourd’hui, les deux sexes sont obligés de tenir tous les rôles à la fois au gré des circonstances. Madame doit porter la culotte, se prendre en charge et travailler 40 heures par semaine, tout en étant une épouse et une mère dévouée. Monsieur doit aussi porter la culotte, se prendre en charge et travailler 40 heures par semaine, tout en étant un mari et un père attentionné. Que de responsabilités ! Pour achever de nous déboussoler, les médias nous bombardent d’injonctions contradictoires, via les publicités de cosmétiques, les couvertures de magazines « photoshopées » ou les émissions de téléréalité. Où est le problème si l’*executive woman* à la ville veut se transformer en Lulu la Ménagère coquine dans l’intimité (ou vice versa) ? Sachez-le, Messieurs, vos fantasmes de soumission ne portent pas atteinte à votre virilité, pas plus qu'ils ne dégradent votre statut de femme libérée, Mesdames.

Dans une relation de soumis à dominant, le plus excitant pour celui qui tient les rênes, c'est de savoir que l'autre est prêt à satisfaire certains de ses vilains petits désirs. Attention, ce plaisir ne va pas sans contrepartie ! On se trompe lourdement en pensant que le soumis n'a aucun pouvoir. D'accord, en tant que *bottom* (voir plus haut), vous devez enfiler le godemiché givré là où on vous le dit et autant de fois qu'on vous le dit ! Mais vous pouvez refuser l'olisbos glacé, la cravache ou les pinces à téton, votre avis compte. C'est vous qui gardez la main – peut-être pas dans le feu de l'action, mais avant, quand vous fixez les règles et tracez les limites. Le soumis a toujours un droit de veto. La plupart des couples balisent précisément l'itinéraire avant de s'engager sur ces routes pavées de fouets et de chaînes. Le dominé peut refuser expressément tout objet, activité ou comportement qui dépassent ce qu'il juge acceptable. Ce qui implique de savoir jusqu'où aller trop loin. Certes, compter en chœur les coups de martinet que l'un assène sur le popotin de l'autre peut être chaud bouillant, mais trop, c'est trop ! Le fouetteur doit stopper à la demande. Si le dominant peaufine le scénario des punitions et des récompenses destinées à son « esclave », ce dernier contrôle tout le contexte.

"Tu sais que je ne connais
pas de plus grandes
délices que de te servir,
d'être ton esclave,
et que je donnerais tout
pour cette volupté :
me savoir en ton pouvoir,
y compris ma vie."

Leopold von Sacher-Masoch
La Vénus à la fourrure

Quelques trucs pour obéir sans casse

Se comporter en vilaine petite fille ou en méchant petit garçon pour le plaisir d'un maître exige de l'attention aux détails, de l'endurance et, naturellement, une forte envie de contenter le susdit. C'est le boulot du chef de faire respecter les règles, mais celui qui obéit a toujours une marge de manœuvre. Il peut enrichir son rôle. Si chacun connaît les fantasmes sadomaso de l'autre, les fougueuses séances gagneront en qualité. Lisez bien les conseils qui suivent, ils vous rappelleront à vos devoirs si vous franchissez la ligne – à moins, évidemment, que vous ayez envie d'être puni !

FIXEZ LES RÈGLES

Avant toute chose, le soumis doit fixer les règles avec son seigneur et maître. Certains veulent un contrat bétonné, alors que d'autres se contentent de la bonne vieille parole d'honneur scout. Ces conventions servent à préciser ce que vous, dominé, acceptez ou refusez de la part du big boss. Vous pouvez même stipuler quand et comment vos vigoureuses rencontres doivent avoir lieu. En établissant des limites, chacun de vous sait jusqu'où il peut aller sans mettre l'autre mal à l'aise.

DES MOTS POUR LE DIRE

Le *safeword* – qu'on traduit par « mot de passe », « code de sécurité » ou qu'on ne traduit pas – est au sexe « extrême » ce que le train d'atterrissage est à un 747. C'est sacrément important. Alors, choisissez un mot de passe hors contexte. Il ne faut pas que le dominant s'imagine qu'il s'agit d'une invite coquine ou d'une réplique du rôle. Évitez les « non », « arrête » ou « ça fait mal » qui prêtent à confusion. Quand on est menotté au lit comme un prisonnier de quartier de haute sécurité attendant sa punition, les protestations peuvent passer pour des encouragements. Si vous avez une bonne mémoire visuelle, choisissez : « rouge » pour « stop, ça suffit », « jaune » pour « on se calme » et « vert » pour « chéri, fais-moi mal ! » Vous aimez les bêtes, prenez : « grizzli », « panda » et « koala » pour respectivement « stop », « du calme » et « encore ». Vous préférez les people, optez pour : « Chris Brown », « Kanye » et « Justin Bieber ». Si vous tenez à la simplicité, gardez « non » ou « stop », mais assurez-vous que ces mots feront tilt. Quel que soit votre choix, les *safewords* doivent être gravés dans le marbre et mémorisés par chaque partenaire.

NE ZAPPEZ PAS LA GYM

Le sexe qui sent la sueur, c'est torride ! Mais le sexe qui sent la sueur et vous met sur les rotules, haletant, ou vous oblige à faire des pauses toutes les deux minutes pour éviter l'infarctus, c'est moins chaud. Si vous voulez améliorer endurance et résistance (quand ça compte vraiment), faites un peu de cardio-training et mangez plus sain. En plus, vous pourrez vous pavaner nu devant votre partenaire sans avoir à rougir. « Courir » est un mot tabou pour vous ? Alors, essayez la marche rapide, la natation, le vélo… en fait, n'importe quel sport ou n'importe quelle activité qui accélère le rythme cardiaque. L'important étant que chaque session dure au moins une vingtaine de minutes. Vous vous en féliciterez quand votre coéquipier vous initiera à la balançoire d'amour (*sex swing* pour les intimes) !

SOUMIS MAIS PAS MANCHOT !

À méditer ! La soumission a l'air d'un boulot simple, mais ce n'est pas parce qu'on est passif qu'il faut réagir avec autant d'entrain qu'un poisson mort. Jouer son rôle avec enthousiasme exige un certain investissement, à la fois physique et émotionnel. Si vous en êtes conscient, la partie est à moitié gagnée. L'autre moitié consistant à faire de votre mieux pour atteindre les buts fixés avec votre partenaire. Vous adorez qu'on vous domine, alors montrez-le ! Offrez vos fesses au battoir « LOVE », cherchez la badine, réclamez les menottes ! Préparez-vous avec allégresse à ces rendez-vous volcaniques. L'esclave comme le maître en seront récompensés au centuple.

Des livres de chevet pour le plaisir

Depuis que l'être humain existe, le sexe existe, et depuis qu'il a inventé l'alphabet, il écrit des choses érotiques. Voici quelques classiques qui ne manquent pas d'épices propres à relever votre vie sexuelle. À consommer en solitaire ou à deux.

Vatsyayana, *Kama-sutra*

La composition de ce monument dédié au sexe est attribuée à Vatsyayana, un philosophe de l'Inde antique. Ce recueil regorge de positions émoustillantes et de conseils pratiques pour lui comme elle. C'est aussi une grande œuvre poétique et un guide pour construire une vie de couple harmonieuse.

Anaïs Nin

Cette écrivaine américaine d'origine franco-cubaine fut l'une des premières femmes à explorer le domaine de la fiction érotique. La majeure partie de son œuvre a été composée dans les années 1940, mais publiée après sa mort. Dans des recueils de nouvelles comme *Vénus Erotica* (1978) ou *Les Petits Oiseaux* (1979), Nin aborde de multiples problématiques. Elle y traite de sujets aussi controversés, pour l'époque, que l'inceste, la prostitution ou la bisexualité.

Anne Rice, *Les Infortunes de la Belle au bois dormant*

Cette trilogie, écrite entre 1983 et 1985, est très librement adaptée de la Belle au bois dormant. Anne Rice donne un coup de baguette BDSM au conte de fées traditionnel.

Pauline Réage, *Histoire d'O*

Ce roman BDSM français a été publié en 1954. Il narre la scandaleuse histoire d'une jeune et belle Parisienne qui se livre aux jeux pervers de la soumission, du bondage et du « fais-moi mal ».

Henry Miller, *Tropique du Cancer*

Cette œuvre d'un des plus fameux écrivains américains a d'abord paru en France en 1934.

Interdite aux États-Unis jusqu'en 1961, sa publication a donné lieu à une série de procès pour obscénité. Ce ne serait pas une raison suffisante pour le lire, mais c'est aussi un chef-d'œuvre de la littérature. Et ça se passe à Paris.

D. H. Lawrence, *L'Amant de lady Chatterley*

Lady Constance Chatterley, jeune femme mariée dans le grand monde, découvre le plaisir entre les bras vigoureux d'un homme de la classe ouvrière. Le roman, écrit en 1928, sera interdit en Angleterre jusqu'en 1960. En cause, les scènes explicites et l'emploi réitéré du verbe *fuck* (« baiser » en anglais), jugé obscène.

Chapitre 6

La domination

"Une fille qui est très recherchée doit épouser l'homme qu'elle aime et qu'elle pense devoir lui être obéissant et capable de lui donner du plaisir."

Vatsyayana
Kama-sutra

“L’amour
est le plein
accomplissement
de la loi. »

Saint Paul
Épitre aux Romains
(Chapitre 13, verset 10)

Introduction
C'est qui le chef?

Note liminaire : comme précédemment, et par commodité, le masculin l'emporte dans le texte, mais dominants et soumis sont évidemment des deux sexes et toutes les combinaisons sont possibles.

L'ART…

Laissez s'exprimer le dominateur qui sommeille en vous – cuir et clous en option ! Jouer les maîtres n'est pas de tout repos : il faut préparer les jeux, trimballer le matériel et garder constamment un œil sur son partenaire pour s'assurer que les activités se déroulent dans la joie et en toute sécurité. Évidemment, le boulot a aussi des avantages ! Ce genre de rôle est fun pour ceux qui ont déjà un tempérament de leader. Mais l'expérience est aussi intéressante et libératoire pour les individus peu habitués à hurler des ordres.

Domination et soumission sont affaire de rapport de forces. Dans la peau du dominant, vous avez tout pouvoir. C'est à vous de décider ce que vous en faites : montrer à votre partenaire que vous avez de bons moyens pour… l'envoyer au septième ciel, ou vous conduire en égoïste et lui ordonner de vous servir. Alors, enfilez (ou ôtez) votre culotte de chef et en avant !

… ET LA MANIÈRE

Même s'il est question de maître et d'esclave, il s'agit toujours d'un jeu de rôle en chambre et il ne diffère guère des autres. Pour que ça fonctionne, il faut entrer dans la peau des personnages. Il n'existe pas de recette type, alors, libre à vous d'agir comme vous l'entendez. Ne vous croyez pas pour autant obligé d'incarner le grand dominateur en son donjon SM ! En revanche, vous devez assumer votre pouvoir et votre partenaire doit sentir que vous avez de la poigne.

Avec tout cet attirail de fouets, de chaînes et de cuir noir, le dominant passe souvent pour le méchant de l'univers du bondage sadomaso. Ce n'est pas tout à fait exact. Vous n'êtes pas l'affreux de cette histoire, vous incarnez l'autorité. Vous n'êtes pas « vache » avec le soumis, vous prenez les rênes.

Dans ce domaine, la réussite tient à une bonne organisation. On prétend souvent que le sexe n'est que spontanéité et que tout doit se décider au dernier moment, sous le coup de la passion. Or, pour dominer avec efficacité, mieux vaut avoir un plan sous le coude. Ne serait-ce que pour pouvoir susurrer à votre partenaire : « Oooh, minou, attends un peu de voir ce que je te réserve ! »

Ne demandez pas à votre « esclave » de quoi il a envie. Tout ce que vous risquez, c'est de casser la dynamique du jeu, sans offrir l'expérience de soumission attendue. Vous débutez dans la partie, ou vous tentez quelque chose de nouveau et vous ne savez pas trop si votre chéri va apprécier ? Dites : « Est-ce que tu aimerais si je te faisais tel ou tel truc » ou plus simplement « Je vais te faire ça ! » et guettez sa réaction. Attention, le langage corporel est aussi révélateur que les mots.

Comment bien s'occuper de son soumis

PETIT GUIDE PRATIQUE

Les projecteurs sont braqués sur le dominant. Il est actif et le dominé est passif. Dans le monde merveilleux du BDSM, tout est réglé comme du papier à musique. Mais comment être sûr que la situation ne dégénère pas ? Vous jouez avec le feu et la mécanique peut vite se détraquer. En qualité de boss, vous devez veiller à ce que cette exploration de nouvelles sensations et ce dépassement des limites restent fun et… bien maîtrisés. Il faut que vous mettiez votre partenaire en confiance. Mais cette relation de confiance est un peu particulière. Le soumis a besoin de savoir que vous n'avez pas l'intention de lui faire du mal et que vous vous y connaissez suffisamment pour travailler en toute sécurité. Voici quelques trucs propres à rassurer les deux partis en présence. Vous pensez que ces recommandations sont destinées à des joueurs de haut niveau ? Détrompez-vous. Ces conseils de base peuvent éviter bien des poignets foulés et des amours-propres froissés, même si vous ne suspendez personne au plafond.

Place aux mots

Il n'est sans doute pas utile de rédiger un contrat avant de sortir le bandeau pour les yeux. En revanche, vous voudrez sûrement vous expliquer un brin avant de tenter quelques trucs osés au lit. Ceux d'entre vous qui ont du mal à marcher en mâchant un chewing-gum risquent d'avoir des difficultés à discuter franchement de leurs fantasmes tout en les mettant à exécution. Un conseil, avant de baisser le slip, parlez. Pensez à ce que vous voulez et ce que vous refusez, oubliez vos inhibitions et soyez précis. Si vous n'y avez jamais réfléchi auparavant, cet exercice peut se révéler fort utile.

Mais en parler une fois ne suffit pas. Toute bonne sexualité repose sur une bonne communication. C'est encore plus vrai dans les pratiques BDSM où plaisir et sécurité vont de pair. Alors, discutez avec votre partenaire, et quand vous n'êtes pas certain qu'il aime ce que vous êtes en train de lui faire, posez-lui la question.

Une fois que vous êtes passé outre vos petites frilosités et que vous savez précisément ce qui vous excite l'un comme l'autre, la situation est plus claire. Attention, il ne s'agit que d'une ligne de conduite ! Ce n'est en aucun cas la porte ouverte à des ficelages tous azimuts ou à des fantaisies que le partenaire n'a jamais envisagées.

Safewords

Safewords, mots de passe ou codes de sécurité, c'est du pareil au même et c'est un classique du BDSM. Dans le monde anglo-saxon, le terme *safewords* est passé dans le langage courant et chacun (ou presque) a une vague idée de ce qu'il signifie. Les amateurs de pratiques sexuelles un rien « extrêmes » peuvent penser qu'ils n'ont pas besoin de ce type de code si leur relation est basée sur l'amour et la confiance. Et pourtant, il a son utilité. C'est un puissant facteur érotique (eh oui !) qui aide aussi à mieux cerner les besoins et les attentes de l'être cher.

Avant toute chose, il faut savoir que ces mots sont non négociables. Un *safeword* est une sorte de siège éjectable : si le soumis se sent en danger ou mal à l'aise, le seul énoncé du code magique doit tout arrêter immédiatement. Vous n'avez pas à critiquer ou à remettre en question son usage. Si vous passez outre, votre partenaire risque d'avoir du mal à s'en servir la prochaine fois qu'il en aura besoin. Ce mot de passe est une manière de reconnaître que vos jeux reposent sur un consentement mutuel et un plaisir partagé.

En tant que dominant, vous devez vous assurer que votre soumis préféré peut utiliser ce code dès qu'il le faut. Mais c'est aussi à vous de faire en sorte que l'occasion ne se présente pas.

Lisez dans ses pensées

Une part importante du boulot de dominateur repose sur l'empathie. On n'associe pas forcément cette qualité au grand méchant dominant. Pourtant, le BDSM fonctionne mieux quand le boss comprend ce que ressent le dominé. Et si vous n'êtes pas doté de facultés extrasensorielles ? Il suffit de faire un peu attention. Regardez comment votre partenaire bouge, comment il respire, comment il répond à vos stimuli et vous aurez une idée assez juste de son état d'esprit. Observez ses réactions quand vous tentez une expérience nouvelle. Chaque fois que vous essayez un truc inconnu, allez-y en douceur. Si possible, testez la chose sur vous avant de l'infliger à votre cobaye. Vous projetez de vous amuser avec de la cire chaude ? Voyez comment votre propre corps réagit avant d'enduire votre petit camarade de paraffine brûlante. Vos jeux seront toujours aussi amusants, mais plus sûrs.

Les risques d'accident seront moindres si vous connaissez bien vos outils de travail !

La loi c'est vous !

L'ART…

Maintenant que vous êtes au courant des devoirs de votre charge, il est temps de faire claquer le fouet (au figuré) ! Pour tester votre autorité, donnez des ordres et fixez des règles. Si votre « esclave » n'obéit pas, c'est à vous de décider de la punition. Vous n'êtes pas obligé de vous cantonner aux consignes sexuelles. Il faut montrer que vous portez la culotte et vos ordres servent à cela. Il n'est pas question de justice, mais d'arbitraire ! Les règles ne sont là que pour que vous puissiez les faire respecter et pour que le dominé s'y soumette.

… ET LA MANIÈRE

Il n'y a pas de bonne ou de mauvaise méthode pour jouer à ce petit jeu de pouvoir. Comme pour tous les autres exercices proposés dans ces pages, chacun est libre de suivre son inspiration. Inutile de vous armer d'un fouet ou de vous appeler entre vous

« maître » et « esclave » (sauf si vous en avez envie). En revanche, vous aurez sans doute besoin d'un petit temps d'adaptation pour entrer dans la peau de vos personnages. Alors, comme toujours, allez-y doucement. Voici quelques idées pour vous mettre en train :

« Dis mon nom » : le partenaire doit s'adresser à vous de manière sexy. « Monsieur », « Madame » ou même « Maître » et « Maîtresse » font partie du vocabulaire de base. Si ça vous paraît moins torride que stupide, trouvez quelque chose de plus personnel. Les soumis parlent souvent d'eux à la troisième personne, ce qui ne va pas sans quiproquo quand on n'a pas l'habitude. C'est un bon moyen pour rendre vos jeux de société plus excitants !

« Va chercher » : ordonnez à votre partenaire de vous rapporter quelque chose, un verre d'eau, un magazine ou ce joujou à l'autre bout de la pièce. Peu importe l'objet, ce qui compte c'est que l'ordre soit du type « tel est mon désir ». Vous vous moquez du prétexte, vous cherchez seulement à montrer votre autorité.

« Mets ça » : le soumis doit s'habiller comme vous l'exigez. Parfait pour un intermède sexy, surtout si vous avez de la lingerie coquine ou des vêtements un peu « spéciaux » dans vos tiroirs. Autre possibilité : vous pouvez ordonner à votre camarade de jeu de porter quelque chose rien que pour vous – sous-vêtements affriolants, bijou ou accessoire – et de sortir avec.

Toute faute mérite récompense

L'ART…

Vous édictez des lois, mais elles n'ont aucune valeur sans un peu de discipline. Votre rôle de dominateur consiste à mettre au pas plus qu'à punir. Il est préférable d'envisager les choses sous cet angle. En pleine séance BDSM, voilà que votre partenaire enfreint une consigne ou désobéit à un ordre ! La « punition » sert à renforcer votre autorité et à rappeler les règles du jeu. En outre, l'occasion est excellente pour tester, dans un contexte « réaliste », certaines techniques de fessée que vous appréciez tous les deux.

Voyez la punition comme un gage dans un de ces jeux de boisson. Quand vous ratez un coup au bière-pong, vous devez écluser une canette cul sec – ça n'a rien de personnel. Le dominant n'est pas en colère contre le soumis qui a enfreint une loi, il applique simplement les règles du jeu. Gardez cela à l'esprit et dites-vous bien qu'une séance BDSM n'est pas le lieu où régler les conflits de la vraie vie. On ne fouette pas son conjoint parce qu'il a embouti la voiture !

… ET LA MANIÈRE

Le choix et l'administration des châtiments sont laissés à votre entière discrétion, alors montrez-vous imaginatif ! À moins que vous ne soyez tous les deux amateurs d'un zeste de douleur dans le plaisir, vous pouvez punir sans faire mal et la ceinture restera à la porte.

Profitez de vos divertissements en chambre pour lancer quelques ordres coquins. Exigez que votre partenaire se caresse sous vos yeux ou qu'il fasse quelque chose pour vous. Un conseil : évitez les petites gâteries habituelles. Est-ce qu'on doit vraiment considérer une turlutte comme un « châtiment » ? Allons, trouvez quelque chose d'original ! Il serait étonnant que ces pages ne vous donnent pas quelques idées.

Pour montrer qui commande, imposez des sanctions utiles, par exemple les corvées que vous n'avez jamais osé lui confier, ou bien futiles, juste pour votre plaisir, par exemple le cadeau dont vous rêvez depuis toujours… Vous êtes le boss après tout. C'est le moment de sortir des sentiers battus.

“Oh ! Alors, le magnétique attouchement de ses doigts me détermine, mes craintes s’évanouissent sous l’action d’une intolérable chaleur ; mes cuisses se séparent d’elles-mêmes et donnent à sa main toute liberté.”

John Cleland
Mémoires de Fanny Hill, femme de plaisir

Pourquoi ne pas organiser un jeu ? Préparez, avec votre acolyte, une liste numérotée de toutes les punitions prévues. Dès que vous avez besoin de lui infliger une correction, demandez au soumis de jeter les dés. Si vous n'avez pas de dés, inscrivez les chiffres sur des morceaux de papier qu'il tirera d'un chapeau. L'avantage, c'est que vous pouvez parfaitement intervertir les rôles.

FAITES VOTRE SHOW

L'ART…

Dans le monde du sexe « extrême », les divertissements planifiés s'appellent des « scènes ». Le terme est parfaitement adapté, même si vous ne portez pas de costume, vous faites un show. Évidemment, pour vous comme pour votre petit camarade, le but du jeu consiste à prendre le plus de plaisir possible. Encore faut-il vous en donner les moyens. Vous êtes le metteur en scène et devez tout prévoir. Quel genre d'accessoires voulez-vous utiliser ? Quels sex toys ou quels instruments ? Allez-vous attacher le soumis ou le laisser libre de ses mouvements ? Servez-vous de tout ce que vous avez appris dans ces pages, n'hésitez pas à combiner les expériences et, surtout, ajoutez votre propre touche.

… ET LA MANIÈRE

Une mise en scène se prépare dans les moindres détails. Dès qu'on parle bondage, soumission et plaisir dans la douleur, il faut aussi s'intéresser à ce qu'éprouve et ressent le « souffre-douleur ». Mais quelle volupté d'avoir les pleins pouvoirs ! Votre princesse est attachée aux rails, quel rôle allez-vous jouer ? L'immonde canaille, le courageux héros… ou le train ?

Quand vous organisez les divertissements, demandez-vous comment votre compagnon de jeu va réagir, même s'il ne s'agit que d'une simple partie de jambes en l'air. Votre acolyte a besoin de se mettre dans l'ambiance et vous pouvez l'y aider. Vérifiez la température de la chambre, débarrassez la pièce de tout ce qui peut gêner les déplacements et ôtez les objets qui risquent de distraire l'attention (photos, réveil ou autre). Essayez de penser à tout, jetez un dernier coup d'œil pour vous assurer que vous n'avez rien oublié. Quand vous êtes fin prêt, enfilez votre costume et entrez en piste !

Quand les filles prennent le dessus

Vous pensez que seuls les mecs peuvent jouer aux cow-boys ? Révisez vos positions, Mesdames. Vous pouvez monter en amazone et votre monture se laissera faire sans renâcler. Voici quelques idées de postures cavalières pour prendre votre plaisir à bride abattue.

La cow-girl (ou l'Andromaque) : Et hue dada ! Vous connaissez la position, les filles. C'est un cran au-dessus du missionnaire. Monsieur est allongé sur le dos et vous le chevauchez. Cette posture fonctionne bien pour qui veut attacher les poignets ou ligoter les membres de l'aimé aux quatre coins du lit. Du haut de votre perchoir, vous imposez le rythme et la vitesse. Allez-y piano et empêchez-le d'accélérer le pas tant que vous n'êtes pas prête. Faites de petits cercles des hanches, comme une danseuse du ventre, tout en vous déplaçant de haut en bas.

La cow-girl inversée (ou cheval renversé) : La position est simple, mais permet d'innombrables variations ! Votre étalon est allongé sur le dos et vous vous installez à califourchon en regardant ses pieds. Agenouillez-vous et cambrez les reins pour l'aider à se glisser dans votre trou d'amour. Ensuite, soit vous restez dans cette position et vous vous lancez dans une cavalcade effrénée, soit vous vous accroupissez en balançant les hanches d'avant en arrière.

Le bretzel sexy : Je suis certaine qu'il existe un autre nom pour cette figure, mais moi j'aime l'appeler le « bretzel sexy ». D'abord, faites asseoir votre moitié de biscuit au milieu du lit (loin de la tête), les jambes tendues. Ensuite, asseyez-vous entre ses genoux, vos jambes à l'extérieur des siennes. Avancez vos fesses tout en enroulant vos gambettes autour de son torse. Quand vous êtes suffisamment près (et prêts), glissez son engin dans votre petit intérieur. C'est une position qui a tout pour elle : proximité, intimité et stabilité. Elle n'exige pas trop de souplesse et vous avez un excellent point d'appui qui permet de donner de bons coups de reins et d'aller au fond des choses.

La chaise d'amour : La réputation du lit comme base idéale d'ébats vigoureux n'est plus à faire, mais qui chantera les mérites de la vulgaire chaise de cuisine ? Très utile pour les positions fille dessus et quand on veut attacher son homme (voir plus haut), elle se prête aussi à de nombreuses variations. Si vous avez un bon gros fauteuil ou un canapé, faites asseoir le partenaire, puis agenouillez-vous à califourchon en plaçant vos jambes à l'extérieur des siennes. Cambrez les reins et renversez-vous en arrière (accrochez-vous à ses épaules si vous avez besoin d'un soutien) pour tirer tous les bénéfices de cet exercice. Cette posture combine les avantages de la cow-girl et du bretzel. Vous êtes dessus, mais vous êtes aussi enlacés. Résultat : double ration de plaisir ! Vous stimulez votre clitoris en même temps que l'évanescent point G.

Sur une chaise plus dure, comme en trouve dans la salle à manger ou au bureau, l'éventail des positions s'enrichit encore. Asseyez-vous sur votre compagnon, face à lui, les jambes pendantes de chaque côté. Si la chaise est basse (ou si vous êtes assez grande), prenez appui sur vos jambes pour exécuter vos mouvements de piston. Effectuez de petites rotations des hanches et frottez-vous contre votre homme. Il est attaché ? Émoustillez-le en jouant avec vos tétons, caressez-lui la poitrine ou triturez-lui les cheveux. Et maintenant, expérimentez la même posture, mais en lui tournant le dos ! Si votre partenaire est ficelé, vous risquez d'avoir un peu de mal à vous positionner correctement. Un bon conseil : faites un test sans les cordes. C'est un tantinet tordu, mais si c'est un homme de cul, il appréciera la vue.

"C'est le devoir
de l'âme que d'être
fidèle à ses désirs.
Elle doit s'abandonner
à sa passion
dominante."

Rebecca West

Pour aller plus loin dans vos jeux coquins

Livres

La plupart des ces livres sont en anglais, mais si bien illustrés qu'on peut presque se passer du texte !

365 Sex Positions : A New Way Every Day for a Steamy, Erotic Year
Photographies : Allan Penn ;
Amorata Press

Une position pour chaque jour de l'année ! Des descriptions pas-à-pas et des photos sensuelles pour vous aider à pimenter vos ébats. Les auteurs, qui connaissent leur Kama-sutra, offrent une interprétation moderne, claire et élégante de ce grand classique pour notre plus voluptueux plaisir.

Les Sortilèges du bondage japonais
Midori ; éditions Gremese
Ce livre offre d'élégantes photos et des explications précises sur le *shibari*, cet art de nouer les cordes sur les corps propre au Japon. Il nous en explique la philosophie, la poésie et l'histoire. Un ouvrage intéressant pour les débutants, comme pour les pratiquants confirmés dans le BDSM.

Two Knotty Boys Showing You the Ropes
Two Knotty Boys, photographies : Larry Utley
Un guide consacré à l'utilisation des cordes et à la pratique des nœuds, qui regorge de descriptions précises, de conseils de sécurité et d'images détaillées. Vous y découvrirez comment enjoliver vos séances sexy grâce à ces bondages décoratifs.

The Modern Kama Sutra : An Intimate Guide to the Secrets of Erotic Pleasure
Kamini Thomas et Kirk Thomas
Une version contemporaine du Kama-sutra ! Outre la description précise de 40 positions, ce livre contient des conseils pratiques et des photos. Il intéressera les néophytes comme les as du coït.

"Il n'y a
que les passions
et les grandes
passions
qui puissent élever l'âme
aux grandes choses."

Denis Diderot

Notez ici vos fantasmes les plus secrets, ceux que vous aimeriez pouvoir partager avec votre partenaire.

Qu'est-ce qui vous fait sentir sexy : certaines nourritures (terrestres), certains vêtements ? Laissez-vous aller, écrivez !

Souvenez-vous d'un moment et d'un lieu où vous vous êtes sentie particulièrement audacieuse ou coquine ? Avez-vous suivi vos impulsions ? Décrivez ce qui s'est passé et pourquoi vous avez craqué ou... non.

Avez-vous découvert des livres ou des blogs qui vous ont excité ? Lisez certains passages à voix haute à votre partenaire et voyez ce qui se passe !

Décrivez l'un de vos objectifs en matière de sexe. Un but que vous aimeriez atteindre autant pour vous que pour votre couple.

Notez ici vos petits trucs et secrets sexy. Et pensez à relire ces lignes chaque fois que vous êtes à court d'idées !

"Il n'y a
d'autre remède
à l'amour
que d'aimer plus
encore."

Henry Thoreau
Journal (1837-1861)

“Chez deux amoureux
il y en a toujours un
qui aime et l’autre
qui se laisse aimer.”

W. S. Maugham
Les Quatre Hollandais

Imprimé en Espagne par Unigraf S.L.
Dépôt légal : novembre 2012
310714/01 - 11020885 - octobre 2012